Theresia Lew

L. Alexander Metz

Das Fräulein Tosca

L.A.M.

Theresia Lew

geboren am 5. April 1934 in Immelstetten, wuchs auf einem Bauernhof in sehr ärmlichen Verhältnissen auf. Ohne richtigen Schulabschluss und ohne Ausbildung arbeitete sie zunächst als Magd, als Waldarbeiterin und als Bedienung, bis sie 1957 in München von einem Werbefotografen als Fotomodell für 4711 und Henkel entdeckt und damit weit über die Grenzen Deutschlands hinaus bekannt wurde.

Zweimal verheiratet erlebte sie als Ehefrau und Mutter einer Tochter und von zwei Adoptivkindern alle Höhen und Tiefen eines Menschenlebens. Heute managt sie neben ihrem sozialen Engagement einen Münchner Shanty-Chor, denn Singen ist ihre Leidenschaft.

Ihr Lebensmotto: „Geben ist seliger denn Nehmen".

Das Fräulein Tosca

Erinnerungen eines Fotomodells

von

Theresia Lew

bearbeitet und herausgegeben von
L. Alexander Metz

Theresia Lew / L. Alexander Metz © 2019

Herstellung und Verlag:
BoD- Books on Demand, Norderstedt

Fotos aus dem Privatbesitz von Theresia Lew

Titelfoto: Fotoatelier Hutter, München

Umschlaggestaltung und Fotobearbeitung:
Roman Metz Photography München

Lektorat/Korrektorat: Sabine Metz, Ricarda Dietz

Herausgeber:
L.A.M.
L. Alexander Metz
Hildegardstraße 6
80539 München
metzmedien@gmail.com

ISBN: 978-3-7504-0801-2

Inhaltsverzeichnis

Segenswunsch

Nicht, dass keine Wolke des Leides über dich komme;
nicht, dass dein künftiges Leben ein langer Weg
von Rosen sei;
nicht, dass du niemals eine Reueträne vergießen mögest;
nicht, dass du niemals Schmerzen fühlen sollst.
Nein, das alles wünsch' ich dir nicht!
Mein Wunsch für dich ist, dass du in deinem Herzen
immer bewahren mögest die goldene Erinnerung an jeden
reichen Tag deines Lebens;
dass du tapfer seist in der Stunde der Prüfung,
wenn das Kreuz auf deine Schulter gelegt wird;
wenn der Berg, den du zu besteigen hast, überhoch scheint
und das Licht der Hoffnung sehr fern;
dass jede Gabe, die dir Gott geschenkt hat,
wachsen möge und dass sie dazu diene,
die Herzen derer, die du liebst
mit Freude zu füllen.

Irischer Segensspruch

Prolog

Biografien werden aus den unterschiedlichsten Beweggründen geschrieben. Theresia Lew, für die es schicksalsbedingt ein Leben lang wichtig war, ihre Gedanken und Gefühle zu notieren, festzuhalten, zu sammeln und zu sortieren, konnte nicht ahnen, dass sie im Alter von siebzig Jahren von einem großen Teil ihrer Aufzeichnungen noch einmal Gebrauch machen würde. Denn genau zu dieser Zeit erfuhr sie, wer ihr leiblicher Vater war. Endlich hatte sie auf die Frage, die sie zeitlebens beschäftigte, eine Antwort erhalten. Die neue Gewissheit empfand sie als Erlösung, die jedoch auch mit Enttäuschung und Wut gegenüber all jenen, die ihr die Wahrheit vorenthalten haben, einherging. Für viele Ungereimtheiten ihrer Kindheit gab es nun eine Erklärung, wenngleich noch viele Fragen für immer offenbleiben.

Theresia Lew, als Kind der Schande geboren, durchschritt gerade in ihrer Kindheit und Jugend alle Tiefen eines Menschenlebens, erklomm und genoss später aber auch die Gipfel des Erfolgs. Sie lebt heute im Einklang mit Gott und sich selbst, dankbar den vielen Menschen, die sie begleitet und die ihr geholfen haben, dankbar auch für ihre zahlreichen Begabungen und Berufungen, die ihr noch heute Kraft, Stärke und Befriedigung schenken. Rückblickend kann sie heute wahrhaftig stolz darauf sein, was sie aus ihrem Leben gemacht hat.

Ein Kind der Schande

Ich kam am 5. April 1934 auf die Welt, als uneheliches Kind einer Bauernmagd und somit als ein Kind der Schande. Wirtschaftlich und politisch befand man sich in Zeiten des Umbruchs, und harte körperliche Arbeit gehörte gerade auf dem Land für einen jeden zum Alltag. Auch Kinderarbeit.

Babette, die brave Dorfhebamme wurde herbeigerufen, um meiner Mutter, die damals gerade mal 21 Jahre alt war, in einer kleinen Kammer auf dem Bauernhof meiner Großeltern in Immelstetten in ihrer schweren Stunde beizustehen.

Ein Bankert war wirklich kein freudiges Ereignis! Die Schwangerschaft und die Schmerzen der Entbindung waren für Franziska Seitz, meine Mutter, nicht das Schlimmste. Viel schwerer wog die Schande, die sie mit mir über die Familie brachte.

In dem kleinen Ort im Allgäu, wo jeder jeden kannte, konnte im Grunde nichts verborgen werden oder gar bleiben. Um den düsteren Schatten, der sich durch ein uneheliches Kind über die ganze Familie Seitz zu legen drohte, zu bannen, musste sich Paul Seitz, mein Großvater, schon eine besondere Lösung einfallen lassen. Schließlich war er mit seinen 46 Jahren ein hoch angesehener, beliebter Mann und vor allem wegen seiner sehr korrekten Gesinnung und Haltung geschätzt im Dorf. Und so sollte es auch bleiben.

Meine Mutter war im Alter von zwanzig Jahren von dem Großbauern geschwängert worden, bei dem sie als Magd im Dienst stand. Dieser Umstand musste verdeckt und vertuscht werden, zumal der Erzeuger des Kindes bereits verheiratet war und keinesfalls zur Rechenschaft gezogen werden durfte.

Da meine Mutter sich im besten heiratsfähigen Alter befand, beschloss der Großvater, schnellstens einen Mann für sie zu finden, der bereit wäre, sie zu ehelichen. Ein Pferdeknecht von einem nahegelegenen Gutshof wurde kurzum als Bräutigam ausgewählt, damit das zu erwartende Baby, nämlich ich, ihm so untergeschoben werden konnte. Aber das ging nicht ganz so schnell, wie Großvater es erhofft hatte.

Meine Mutter Franziska Seitz

Meine Mutter

Meine Mutter, geboren am 27. Juni 1913 in Immelstetten bei Mindelheim, einem Ort, der heute unter der Verwaltung der Gemeinde Markt Wald steht, war das drittälteste von sieben Kindern. Sie hatte nach ihrer ältesten Schwester Anni, die ebenso unehelich geboren war wie ich, und dem Bruder Eugen das Licht der Welt erblickt. Es folgten weitere Geschwister, der Paul, die Resi, die Adelheid und der Hermann.

Nach dem Abschluss der Volksschule musste sich meine Mutter bereits im Alter von 14 Jahren als Magd verdingen, was zu damaliger Zeit für junge Mädchen durchaus üblich war, wenn man sie zuhause auf dem eigenen Bauernhof nicht dringend selbst zur Arbeit brauchte. So hatte man eine Person weniger durchzufüttern. Ihr Vater Paul Seitz fand für sie eine passende Anstellung in Ellenried, einige Stunden zu Fuß vom elterlichen Hof entfernt, beim Großbauern Michael Meitinger. Er war der Sohn eines Gutshofbesitzers aus Ried-Ustersbach bei Ziemetshausen und hatte in die Einöd-Höfe zu Reichertshofen, Gemeinde Könghausen, eingeheiratet. Ob diese Ehe zwischen seiner Veronika, eine geborene Holzmann, und Michael Meitinger glücklich war, lässt sich nicht nachvollziehen. Auf alle Fälle wunderte man sich im Dorf darüber, dass sie nur mit zwei Kindern gesegnet war. Im Jahr 1920 kam die Tochter Maria Magdalena zur Welt und zwei Jahre später der Sohn Martin.

Wie damals auf dem Land üblich, wurde nur einmal im Jahr der Lohn für die harte Arbeit ausbezahlt. Deshalb machte sich Paul Seitz, mein Großvater, stets im Februar zu Lichtmess auf den Weg zum Weiler der Meitingers, um den gesamten Jahresverdienst seiner Tochter Franziska, meiner Mutter, abzuholen.

Nur ein einziges Mal wagte Franziska, sich ein wenig von ihrem Verdienst zu nehmen, um sich den lang gehegten Wunsch nach Ringelstrümpfen, die zu dieser Zeit gerade modern waren, zu erfüllen. Die Strafe folgte auf den Fuß. Als Franziska eine Woche später zu Besuch nach Hause kam, verprügelte sie ihr Vater für das Vergehen mit kräftigen Stockschlägen. Sparsamkeit und Geiz kannten im Elternhaus meiner Mutter keine Grenzen. Schließlich plante man den Kauf von zusätzlichen Grundstücken zur Erweiterung des landwirtschaftlichen Betriebs. Für einen weiteren Acker wurde jede Reichsmark, ja jeder Pfennig, zurückgelegt.

Franziska, meine Mutter, war jung, hübsch, lebensfroh und zufrieden, als Magd fern von ihrem Elternhaus leben und arbeiten zu dürfen. Da die Mahlzeiten auf dem Meitinger Hof stets gemeinsam eingenommen wurden und so Knechte und Mägde zusammen mit den Familienmitgliedern an einem Tisch saßen, blieb es nicht aus, dass dem Großbauern Michael Meitinger durchaus auffiel, zu welcher Schönheit sich die junge Magd entwickelt hatte. Es dauerte nicht lange, bis der Bauer sich von Franziska angezogen fühlte und sich die beiden dann irgendwann bei der Hof- oder Feldarbeit näherkamen. Wo und wann es im Sommer 1933 schließlich geschah und ob sich Franziska freiwillig oder unwillig dem Dienstherrn hingab, bleibt für immer ein Geheimnis.

Als meine Mutter, bemerkte, dass sie schwanger war, wusste sie weder ein noch aus. So verzweifelt war sie. Sie konnte mit niemandem darüber sprechen, sich niemandem anvertrauen. Was sollte aus ihrem ledigen Kind werden? Zunächst hatte sie noch die vage Hoffnung, das Baby könnte vielleicht bei oder unmittelbar nach der Geburt sterben. Aber dann lag ein gesundes, kräftiges Mädchen in der Wiege.

Bereits zwei Wochen nach meiner Geburt musste meine Mutter ihr Neugeborenes auf dem elterlichen Hof zurücklassen, wurde wieder auf den Großgutshof der Meitingers nach Ellenried geschickt, um bei meinem Erzeuger ihren Dienst fortzusetzen, so als sei nichts geschehen.

Mein Urgroßvater Neela

Mein Urgroßvater Neela

In den ersten Jahren meines Lebens kümmerte sich hauptsächlich mein Urgroßvater Rochus Lutzenberger, von allen nur „der Neela" genannt, um mich, das unerwünschte und überflüssige Erdenkind. Urgroßvater Neela war zu dieser Zeit bereits 75 Jahre alt. Schon vorher hatte er sich immer wieder kleiner, verwaister Kinder angenommen. Er war ein liebenswerter und gutherziger Mann. Ich selbst kann mich an ihn allerdings erst so etwa ab meinem 4. Lebensjahr erinnern.

Seinen mittelständischen Bauernhof hatte er im fortgeschrittenen Alter seiner einzigen Tochter Adelheid Seitz, meiner Großmutter, übergeben, die ihm dafür freie Unterkunft, Verpflegung und ein spärliches Taschengeld gewährte.

Meine Großmutter Adelheid war eine kühle, kleinliche, ja eher geizige Frau. Allerdings wurde sie, auch wegen ihrer Schönheit, von ihrem Mann, meinem Großvater Paul zutiefst verehrt und bewundert. Jeden Wunsch versuchte er seiner Adelheid von den Augen abzulesen und zu erfüllen, sofern er es möglich machen konnte. Ihren Ehemann überragte sie fast um einen Kopf, was ihm aber offenbar nichts ausmachte.

Neela durfte von meiner Großmutter keine Unterstützung finanzieller Art für meine Betreuung erwarten. Immerhin hatte sie selbst sieben Kinder zur Welt gebracht und zu versorgen, von denen der Jüngste, mein Onkel Hermann, gerade mal sechs Jahre und seine Schwester, die Tante Resi, zwölf Jahre älter waren als ich. Die Größeren hatten das Haus bereits verlassen. Neben der vielen Haus- und Feldarbeit blieb ihr kaum Zeit und nur wenig Muße, sich auch noch mit mir, dem Bankert zu beschäftigen. Zudem kränkelte sie bereits etwas. Aber bei Neela wusste sie mich gut betreut und versorgt.

Großmutter Adelheid hatte ursprünglich noch zwei Brüder. Der Jüngere, Hermann, ein fescher, strammer Bursche, war im ersten Weltkrieg gefallen. Von ihm hing im Wohnzimmer ein Bild an der Wand, das ich als kleines Mädchen immer wieder fasziniert betrachtete. Der andere Bruder arbeitete als Kunstschmied und betrieb ein einträgliches Geschäft in der Stadt.

Mein Großvater Paul Seitz war im Grunde ein gutmütiger, intelligenter Mann und in Immelstetten eine hoch angesehene Persönlichkeit. Er besaß aber auch so eine gewisse Bauernschläue, wenn es darum ging, Dinge zu seinen Gunsten zu wenden oder zu seinem Vorteil zu verhandeln. Ich mochte und bewunderte ihn, ahnte ich doch nicht, dass auch er mich, was meine Abstammung betraf, ein Leben lang belog. Obwohl er merken musste, wie unglücklich und verunsichert ich oft war, verheimlichte er mir, wie auch all die anderen, meinen leiblichen Vater.

Urgroßvater Neela half trotz seines hohen Alters immer noch tatkräftig bei der Feldarbeit mit. Da es keine Maschinen gab, war man um jede helfende Hand froh. Die kleinen Kinder wurden im Wägelchen im Schatten eines Baumes abgestellt. Einen Schnuller kannte man nicht. Die Mütter wickelten ein Stück Brot, das sie vorher etwas weichgekaut hatten, in ein kleines Leinensäckchen und steckten es ihren Kindern zum Lutschen in den Mund. So machte es auch mein Urgroßvater mit mir, und es hat mir nicht geschadet. Obwohl es auch ansonsten auf dem Bauernhof wahrhaftig nicht besonders hygienisch, geschweige denn steril zuging, war und blieb mein Körper kerngesund.

Normalerweise duldeten die Bauern keine Katzen im Haus. Die Katzen erhielten täglich im Stall ihr Schälchen Milch. Ansonsten hatten sie auf dem Hof Mäuse zu jagen und zu fressen.

Ganz anders erging es Urgroßvaters dicker, grauer Hauskatze, die er über alles liebte. Mizzi, wie er sie immer rief, durfte im Haus ein- und ausgehen, wie es ihr gerade gefiel. Neelas Stammplatz war das Sofa hinter dem Ofen. Hier saß er gern und die Katze lag wohlig schnurrend auf seinem Schoß.

Glücklich war ich, wenn ich mich dazugesellen durfte und er sich dann, hauptsächlich im Winter, die Zeit nahm, um mir Märchen zu erzählen. Die meisten Geschichten ließen mir einen kalten Schauer über den Rücken laufen, weil sie oft so unglaublich gruselig waren. Urgroßvater Neela wusste von hässlichen Zwergen, grausamen Hexen und wegen ihrer Bosheit zu Tieren verwandelten Menschen zu berichten. Wie sehr genoss ich diese Stunden mit meinem Urgroßvater! Aus tiefstem Herzen. Viel zu selten konnte ich mich in meiner Kindheit so geborgen fühlen wie bei ihm, meinem geliebten Neela.

Geburtshaus in Immelstetten
Großvater, Großmutter, Hermann und Theresia

Kinderjahre im Dorf

Jeden Sonntag trafen sich die Männer unseres Ortes nach dem Gottesdienst zum Frühschoppen in einer der beiden Dorfwirtschaften. Auch mein Urgroßvater Neela folgte gerne diesem Brauch, sehr zum Leidwesen seiner Tochter, der Oma Adelheid.

In der Kirche nahmen die Männer die Bänke auf der rechten Seite ein, die Frauen saßen oder knieten auf der linken Seite. Die Frauen durften Kopftuch und Hut aufbehalten, die Männer mussten den Hut in der Kirche abnehmen. Nach der Messfeier gingen die Frauen nach einem kurzen Plausch vor dem Kirchenportal flugs nach Hause, um das sonntägliche Mittagessen vorzubereiten.

Urgroßvater Neela kam an einem Sonntag wieder einmal viel zu spät vom Frühschoppen heim, und schon hing der Haussegen schief. Von Großmutter Adelheid, seiner eigenen Tochter, wurde er mit bitterbösen Worten empfangen. Sie beschimpfte ihn, er würde zu viel Geld sinnlos und verschwenderisch in der Wirtschaft verprassen. Dass er zudem noch zwei Rosswürstel gekauft hatte, die er in der Innentasche seiner Jacke versteckt hielt, ahnte sie zum Glück nicht. Das hätte erst recht Ärger gegeben. In einem günstigen Moment, da er sich von seiner Tochter unbeobachtet fühlte, zog der Urgroßvater die Würstel aus der Tasche und steckte sie dem kleinen Hermann und mir verschmitzt lächelnd zu. Indem er seinen Zeigefinger an die Lippen legte, wollte er uns deutlich machen, dass wir darüber schweigen sollten. Er wusste nur zu gut, wie leidenschaftlich gern wir Kinder solche Rosswürstel aßen.

Wenn das Gras gemäht oder das Getreide geerntet wurde, mussten Sensen und Sicheln immer wieder nachgeschliffen und gedengelt werden. Hierzu benötigte man einen Dengelhammer und einen Dengelstock, eine Art Amboss. Dengelstock und Hammer waren unentbehrliche Hilfsgeräte, um die nötige Grundschärfe bei Sensen und Sicheln immer wieder herzustellen. Ein derartiger Dengelstock stand auch bei uns auf dem Hof. Urgroßvater Neela bearbeitete darauf geschickt das Sensenblatt mit dem feinen Dengelhammer.

Gerne halfen Hermann und ich beim Schärfen der Messer und Klingen am Schleifstein, indem wir das Wasser nachfüllten, das den Wetzstein benetzte, und eifrig den Schleifstein drehten, während Uropa Neela das Messer an den Stein hielt, dass die Funken nur so sprühten. Dafür gab es dann nicht nur ein ehrliches Lob, sondern ab und zu auch ein paar Pfennige als Belohnung vom Urgroßvater, die ich sorgsam sparte und in einem Holzschächtelchen aufbewahrte.

Bis zum Alter von sechs Jahren lebte ich auf dem Bauernhof meines Großvaters Paul und der Oma Adelheid in Immelstetten unter der Obhut meines geliebten Urgroßvaters Neela.

Dort schenkte man mir kaum Beachtung. Irgendwie hatte ich immer das Gefühl, überflüssig zu sein, nur im Weg umzugehen, wo immer ich saß und stand. Das stimmte mich traurig, sehr traurig. Ich gierte geradezu nach Liebe und Anerkennung, bekam sie aber nicht. Ich war eben der Bankert, den man vorerst zu nichts gebrauchen konnte und den man mit durchfüttern musste.

Diese Lieblosigkeit verletzte meine kindliche Seele zutiefst. Sie weinte. Immer wieder passiertes es, dass ich am Morgen auf dem nassen Laken erwachte. Beschämt nahm ich dann die Ermahnungen meiner Großeltern entgegen. Aber was sollte ich machen? Alles Schimpfen half nichts. Mein Laken und manchmal sogar auch das Oberbett waren immer wieder eingenässt.

Als ich auch Jahre später in Walkertshofen hin und wieder einnässte, suchte meine Mutter verzweifelt mit mir einen Heilpraktiker auf, der das Problem des Bettnässens bei mir wundersam abstellen sollte. Aber auch der war machtlos und konnte mir nicht wirklich helfen. Womit hätte er auch all die Defizite an Liebe und Zuwendung ausgleichen sollen? Dafür gibt es keine Globuli. Und auch kein gutes Zureden half. Mein krankes, nach Liebe dürstendes Kinderherz weinte noch viele Jahre weiter, fast jede Nacht.

Großeltern Adelheid und Paul Seitz

Veränderungen

Am 30. April 1936 brachte meine Mutter zum zweiten Mal ein uneheliches Kind, meine Schwester Juliane, zur Welt. Der Kindsvater war Johann Bäuerle, ein einfältiger Pferdeknecht, den mein Großvater Paul Seitz schon für mich als Ersatzvater ins Auge gefasst hatte.

Johann Bäuerle, von allen im Dorf nur „der Hans" gerufen, war gerade mal 27 Jahre alt, als mein Großvater ihn endgültig zu einer Heirat mit meiner Mutter zwang. Dass das zweite Kind gar vom Hans selbst gezeugt war, war ihm mehr als recht, hatte er diesen tumben Knecht doch schon für mich als Vater ausgesucht.

Hans kam ursprünglich aus Walkertshofen und arbeitete bis zu seiner Vermählung als armer Bauernknecht auf dem Weißenhof, der in der Nähe vom Weiler in Ellenried lag. Bereits wenige Monate nach der Geburt meiner Schwester Juliane wurde geheiratet. Mein Großvater Paul Seitz hatte alle Hebel in Bewegung gesetzt, um diese Ehe zu ermöglichen. Ob er gar dafür etwas bezahlte, bleibt sein Geheimnis.

Für mich bedeutete diese Eheschließung, dass nun auch ich fast zwei Jahre nach meiner Geburt den Namen Bäuerle erhielt. Bis dahin war ich als Theresia Seitz eingetragen. Vater unbekannt. Nun war für mich Johann Bäuerle mein Vater.

Johann Bäuerle, der sich fortan auch als mein Vater ausgab, bekam als Hochzeitsgeschenk von seinen Eltern den Hof überschrieben, ein armseliges, kleines Anwesen in Walkertshofen. Dabei hätte eigentlich sein älterer Bruder darauf Anspruch gehabt.

Nach der Eheschließung zog meine Mutter, wie es sich gehörte, mit meiner kleinen Schwester Juliane zu ihrem frisch angetrauten Ehemann Johann Bäuerle in das von ihren Schwiegereltern ererbte Haus. Bereits neun Monate später kam ein Brüderchen auf die Welt, das dritte Kind meiner Mutter. Weitere drei Geschwister folgten in den kommenden Jahren.

Franziska und Johann Bäuerle mit den Kindern
Theresia in der Mitte
1940

Franziska Bäuerles Welt

Die große Liebe war es wahrhaftig nicht, was meine Mutter Franziska Bäuerle, geborene Seitz, mit ihrem Hans verband. Im Gegenteil, sie äußerte im Laufe der Jahre immer wieder, dass sie ihren Mann eigentlich nie richtig geliebt hätte. Traurig und wütend zugleich, litt sie darunter, von ihrem Vater in diese Ehe gedrängt worden zu sein. Sie hätte sich durchaus zugetraut, mich und meine jüngere Schwester Juliane allein durchzubringen und für uns drei selbst zu sorgen. Stattdessen musste sie dem Willen ihres Vaters gehorchend mit Hans Bäuerle, diesem einfach gestrickten Mann, in schäbiger Umgebung mehr schlecht als recht zusammenleben, arbeiten und als Gebärmaschine funktionieren.

Ich selbst blieb vorläufig in Immelstetten bei den Großeltern. Hin und wieder brachte man mich zu einem Pflichtbesuch zu meiner neuen Familie nach Walkertshofen, obwohl mich auch dort wahrlich niemand vermisst hätte. Ich war schon fast sechs Jahre alt, als mich meine Mutter endgültig zu sich auf den Hof nach Walkertshofen holte. Herzlich fühlte ich mich dort keineswegs aufgenommen. Doch man konnte mich nun als Kindsmagd, Hilfe im Haushalt und kostenlose Arbeitskraft recht gut gebrauchen. Außerdem musste ich eingeschult werden und fortan die Schule in Walkertshofen besuchen.

Meine Eltern betrieben eine kleine Landwirtschaft mit etwa 15 bis 20 Tagwerk, im Vergleich zum Meitinger Hof eher ein Sacherl. Dazu gehörten auch ein paar gepachtete Flächen. Da die Gegend um Walkertshofen herum sehr bergig und steinig ist, war die Arbeit auf den steilen Feldern entsprechend beschwerlich und hart. Manche Bauern hatten das Glück, gute

Felder mit ertragreicher Erde zu besitzen. Doch zu diesen gehörte das Sacherl von Johann Bäuerle nicht. Wir mussten oft Berge von Steinen von den Feldern einsammeln, um dem schlechten Boden wenigstens einen kleinen Ertrag abzutrotzen. Unsere Ernten aber blieben trotz aller Mühen nach wie vor spärlich. Und doch gab es noch kleinere Höfe und ärmere Bauern als uns. Sie hatten nur vier oder fünf geplagte Kühe, die tagsüber vor den schwer beladenen Wagen oder den Pflug gespannt wurden und abends dann noch Milch geben mussten.

Wie bei den anderen Höfen dieser Gegend türmte sich auch vor unserer Haustür ein riesiger Misthaufen auf, dessen Feuchte in das Mauerwerk des Wohnhauses drang. Hühner in großer Zahl, aber auch ein paar Gänse und Enten pickten im Hof oder auf der angrenzenden Wiese herum. Acht Kühe und zwei Ochsen standen je nach Wetter und Jahreszeit auf der Weide oder im Stall. Ein paar Schweine im dreckigen Pferch, in dem des Nachts die Ratten herumflitzten, und ab und zu ein oder zwei Kälbchen, gehörten ebenfalls zu unserem Viehbestand.

Das Füttern des kleinen Federviehs, der Küken, war meine Aufgabe. Ich liebte die kleinen Biberl, wenn sie piepsend zu mir liefen. Da Johann Bäuerle, mein vermeintlicher Vater, weder die handwerkliche Fähigkeit besaß, noch Lust dazu hatte, kleine Ställe für die jungen Tiere zu bauen, mussten diese ständig um ihr Futter kämpfen, das ihnen die älteren und größeren Tiere rücksichts- und gnadenlos wegfraßen. Bei schlechtem Wetter oder extremer Kälte nahmen wir die empfindlichen Jungtiere einfach mit ins Haus, wo sie dann im Ern, dem Gang, umherliefen. Aber wenigstens waren sie hier vor Schnee und Kälte geschützt. Einzig mein Urgroßvater Neela zeigte ein Herz für die kleinen Tiere und baute für die Küken und Gänschen Gitterställe, wenn er mal wieder von Immelstetten zu uns herüberkam.

Im Frühjahr musste ich zusätzlich Futter für die Gänse besorgen. Mit einem großen Korb ging ich zum Brennnesselsammeln. Vorsorglich trug ich alte, zerschlissene Handschuhe, um mich vor den entsetzlich brennenden und juckenden, roten Quaddeln zu schützen, die das Nesselgift bei Berührung verursachte. Bevor ich die Brennnesseln, die in Massen hinter unserem Haus wucherten, an die Gänse verfüttern konnte, waren sie noch klein zu häckseln. Die Tiere dankten es mir mit lautem Geschnatter.

Der Pferdeknecht Johann Bäuerle

Johann Bäuerles Welt

Johann Bäuerle, den ich für meinen Vater hielt, zeigte sich nicht nur mir, sondern uns allen gegenüber gleichgültig und interesselos. Er hat mir niemals etwas getan. Nicht einmal geschimpft hat er mich. Er übersah mich einfach, wie auch meine anderen fünf Geschwister. Er schenkte uns keine Beachtung.

Seine Arbeit, wenngleich sie auch viel war, erledigte er nicht gerade gewissenhaft und sorgfältig. Da es ihm scheinbar nur darum ging, alles möglichst schnell hinter sich zu bringen, tat er es ohne jegliche Weitsicht und Freude. Sein Werkzeug ließ er schmutzig liegen und stehen, wo er es zuletzt gebraucht hatte. Aufräumen und Ordnung schaffen waren nicht seine Stärke. Die landwirtschaftlichen Maschinen putzte er selten, und auch der Stall wurde von ihm aus Sicht meiner Mutter nicht gründlich genug gekehrt. Unser Hof war nicht gerade ein Vorzeigeobjekt. Da er schon rein intellektuell nicht in der Lage war, das Futter für die Tiere gleichmäßig aufzuteilen, kam es durchaus vor, dass er einige Tiere überfütterte, während für die anderen nichts mehr übrigblieb. Johann Bäuerle selbst legte keinen großen Wert auf sein Äußeres, was meine Mutter störte. Aus all diesen Gründen nörgelte sie andauernd an ihm herum. Streit war zwischen meinen Eltern an der Tagesordnung.

Ich empfand schon als Kind diese Zustände schrecklich, ja unerträglich, zumal ich Schmutz und Unordnung zutiefst verabscheute. Ständig putzte ich im Haus oder kehrte den Hof, so gut ich es vermochte. Irgendwie war ich aus der Art geschlagen.

Unser Haus glich eher einem Armenhaus. Nie war genug Geld da. Das Essen war zwar ausreichend, aber sehr bescheiden. Sechs hungrige Kinder, die wie die Orgelpfeifen um den Tisch saßen, hätten sich sehr wohl über eine gewisse Abwechslung gefreut. Doch darauf konnten meine Eltern keine Rücksicht nehmen. Unsere Mahlzeiten bestanden hauptsächlich aus

Kartoffeln und Milch. Manchmal gab es auch eine Mehl- oder Grießsuppe sowie auch all das, was unser Garten hergab.

Jeden Tag sehnte ich mich zurück nach Immelstetten zu meinen Großeltern, auch wenn ich dort, was Liebe, Zuwendung und Anerkennung betraf, vom Regen in die Taufe kam. Zwar war auch bei ihnen das Essen einfach gehalten, aber wenigstens herrschte in ihrem Haus Ordnung, Sauberkeit und Pünktlichkeit. Arbeit und Sparsamkeit galt ihnen als hohe Tugend, vor allem meiner Großmutter.

Bei meinen Eltern fühlte ich mich stets isoliert, ausgeklammert und lästig. Es war mir geradezu peinlich, dass ich überhaupt auf der Welt war und möglicherweise als weiterer Esser zur Armut dieser Familie beitrug.

Um brauchbares Mehl zum Kochen und Backen zu erhalten, mussten zuerst die Weizen- oder Roggenkörner zum Müller Ziegler ins Dorf gebracht und, wenn das Getreide dann gemahlen war, dort wieder abgeholt werden. Da dies auch schon bald zu meinen Aufgaben zählte, lernte ich als kleines Mädchen so die Frau des Müllers kennen, die mich jedes Mal mit einem „Ja, 's Reserl kommt wieder!" herzlich begrüßte. Ihr Lächeln tat mir gut. Es war wie ein warmer Sonnenstrahl. Aber erst im Jahre 2005 sollte ich erfahren, dass sie die Schwester meines leiblichen Vaters war und nach Walkertshofen geheiratet hatte. Wie klein doch die Welt sein kann! Ich mochte die Müllerin von Anfang an, doch ahnte ich nicht im Geringsten, dass ich meiner Tante gegenüberstand.

Da auch wir wie jeder Bauernhof im Ort, mochte er noch so klein sein, ein Backhäuschen hatten, buken wir unser Brot selbst. Das Brotbacken war eine anstrengende Arbeit, welche der Mutter oblag. Es begann am späten Nachmittag, an dem der Sauerteig angesetzt wurde, und dauerte bis zum nächsten Mittag, wenn das frisch gebackene und duftende Brot endlich aus dem Backofen geholt werden konnte. Der Teig, der sich in einem langen Holztrog in der Größe einer Kinderbadewanne befand, musste mit den Händen kräftig durchgeknetet werden, ehe er endlich in den vorgehetzten Backofen geschoben werden konnte. Das kostete viel Kraft und Schweiß.

Einmal im Jahr wurde auch bei uns auf unserem Hof ein Schwein geschlachtet. Um möglichst viel vom Fleisch zu verwerten, wurde es zu Würsten verarbeitet, geräuchert oder in Dosen eingeweckt. Die Vorräte sollten wenigstens ein Jahr reichen. Mit einem Leiterwägelchen brachte ich die schweren Dosen zu einem Bauern, der eine Maschine besaß, mit der man diese luftdicht verschließen konnte. Es war jedes Mal eine Schinderei für mich, das kleine Mädchen, die schwere Last zu transportieren und auch darauf zu achten, dass der Leiterwagen auf dem unebenen Weg nicht kippte.

Fette Schweine waren ganz besonders begehrt; denn man verwendete die dicken Speckschwarten, um Schmalz daraus zum Backen und zum Kochen zu gewinnen. Stundenlang wurde der Speck auf dem alten, mit Holz befeuerten Herd in der Küche ausgelassen, bis ein großer Topf voll schneeweißem Schweinefett übrigblieb, das ein ganzes Jahr ausreichen musste. Vermischt mit den Grieben, dem Rest der ausgebratenen Speckteile, ergab es sogar einen leckeren Brotaufstrich, der bei uns jedoch nur selten auf den Tisch kam.

Ein bis zwei Schweine wurden jedes Jahr verkauft. Meine Eltern brauchten dringend das Geld, um ihre Schulden zu begleichen, die nie enden wollten. Grund dafür war unter anderem die Tatsache, dass Johann Bäuerle, mein Ersatzvater, absolut nicht kalkulieren konnte, wie viel Futter die Tiere im Laufe eines Jahres benötigten. Arglos verfütterte er in den ersten Monaten nach der Ernte viel zu viel von unseren Vorräten an das Vieh, so dass meist bereits im Februar der Heuboden leer war. Der

Streit zwischen meiner Mutter und ihrem Mann war somit vorprogrammiert. Spätestens im März brüllten unsere Tiere vor Hunger. Mein Großvater aus Immelstetten half dann zwar manchmal mit einer Fuhre Futter aus, doch auch die reichte nicht lange. Dann musste Vater sehen, dass er den Nachbarn etwas abkaufen konnte. Die Schulden stiegen weiter.

Die Kühe waren für meine Eltern geradezu lebensnotwendig, um täglich die Milch an die Molkerei liefern zu können. Es war ihre einzige Einnahmequelle neben dem Viehverkauf. Ganz selten nur durften wir für uns etwas Butter oder Käse aus der Molkerei holen; denn dadurch wurde das Milchgeld am Ende des Monats geschmälert.

Auf unserem Hof lebte mit uns noch einige Jahre der Vater meines Ersatzvaters. Im Gegensatz zu seinem Sohn legte er großen Wert auf sein Äußeres. Von Zeit zu Zeit holte er aus einem Fach im Wandschrank, den er immer versperrt hielt und zu dem nur er einen Schlüssel besaß, ein aufklappbares Rasiermesser, das er bedächtig über einen langen Lederriemen zog und damit schärfte. Fasziniert, ja geradezu ängstlich, schaute ich ihm dabei zu. Ich hatte irgendwie das Gefühl, dass er mich nicht mochte; denn er würdigte mich wie sein Sohn keines Blickes. Ich war für ihn Luft. Vielleicht wusste oder ahnte er, dass ich nicht das Kind seines Sohnes bin.

Seine Frau Anna Bäuerle, eine gepflegte und für damalige Verhältnisse vornehm gekleidete Person, behandelte mich liebevoll und steckte mir Brotschnitten zu, die sie eigens für mich zubereitete. Leider starb sie viel zu früh.

Obwohl Johann Bäuerle, mein Zwangsvater, für mich eine Person war, zu der mir emotional jegliche Beziehung fehlte und die in mir eher negative Gefühle auslöste, verbindet mich mit ihm dennoch ein ganz besonderes Erlebnis, das außergewöhnlich und, weil völlig untypisch für seine sonstige Verhaltensweise, einfach nur schön für mich war.

Eines Tages nahm mich Johann Bäuerle mit in die Stadt, nach Augsburg, und ging mit mir dort in ein für mich, das Kind vom Land, riesengroßes Spielwarengeschäft. So etwas hatte ich im Leben noch nicht gesehen! Dort gab es lange Regale, die dicht an dicht mit wunderschönen Käthe-Kruse-Puppen gefüllt waren. Staunend und bewundernd stand ich davor. Als Johann Bäuerle mich dann tatsächlich aufforderte, mir eine dieser wunderschönen Puppen auszusuchen, traute ich mich nicht, ihm meine Wunschpuppe zu zeigen oder gar zu nennen. Ich blieb stumm vor ihm stehen, meinen Blick zu Boden gesenkt. Ich brachte kein Wort über meine Lippen. Da geschah ein Wunder für mich. Johann Bäuerle, mein Ersatzvater, suchte für mich die schönste und größte Puppe mit echten, langen und blonden Haaren aus und kaufte sie mir. Sichtlich stolz darauf, was er tat, drückte er mir die Puppe in die Arme, und zum ersten Mal im Leben glaubte ich, einen liebvollen Blick von ihm zu erheischen.

Nun besaß ich endlich einmal etwas, um das mich sogar meine beste Freundin, die Brunhilde, beneidete, obwohl sie selbst alles haben konnte und in einem feudalen Haus aufwuchs. Sie freute sich sehr, wenn ich mit meiner Puppe zu ihr zum Spielen kam und schenkte mir sogar Pralinen dafür.

Juliane, meine Schwester, bekam vom Papa eine etwas kleinere Puppe mit dunkler, lockiger Haarpracht. Da ich meiner Puppe im Laufe der Zeit immer wieder mal mit Kamm und Schere einen neuen Haarschnitt verpasste, wurde die Mähne allmählich immer kürzer. Irgendwann hatte meine Puppe einen richtigen Stiftelkopf. Brunhilde kringelte sich vor Lachen.

Jedes Jahr verschwand meine Puppe kurz vor Weihnachten auf rätselhafte Art und Weise. Am Heiligen Abend aber saß sie mit frisch genähten, neuen Kleidern angetan unter dem Christbaum. Hilfreiche Freundinnen meiner Mutter hatten die feschen Kleidchen genäht.

Meine Schulzeit

Im Frühjahr 1940, gleich nach dem Osterfest, wurde ich eingeschult. Die Schule befand sich in Walkertshofen in einem alten Gebäude direkt neben der Kirche. Es gab nur zwei Schulräume. Im Erdgeschoss fand der Unterricht für die Erst- bis Viertklässler statt und im Obergeschoss jener für die fünfte bis zur achten Klasse.

Als Schulkind war ich sehr zurückhaltend, schüchtern, ja geradezu verängstigt. Als ich einmal ein klein wenig Selbstbewusstsein zeigte, indem ich mich wagte, das Gelernte in der Klasse frei vorzutragen, gingen die Hanna und ihre Freundinnen auf mich los und warfen mich auf dem Heimweg hinterrücks in die hohen Brennnesseln. „Moischt wohl, dass d' gscheiter bist als ich!", giftete die Hanna. Wie sollte ich da Selbstvertrauen bekommen?

Ein Kind muss das Glänzen in den Augen seiner Mutter spüren, um ein gesundes Selbstvertrauen zu entwickeln. Die Augen meiner Mutter leuchteten nie, wenn sie mich ansahen. Ich versuchte meine Unsicherheit, so gut es ging, zu verbergen. Eines Tages werde ich es euch allen zeigen, schwor ich mir insgeheim.

„Musst Du im Herzen noch so weinen, nach außen sollst Du heiter scheinen", war im Kissenbezug meiner Großmutter eingestickt. Der rote Kreuzstich hatte mir diese Lehre gleichsam ins Herz gebrannt.

Bescheiden, friedfertig und immer bemüht, anderen eine Hilfe zu sein und allen alles recht zu machen, schaffte ich es trotz aller Unsicherheiten, die ich mit mir und in mir austragen musste, eine beliebte Mitschülerin zu werden. Für die Pausen nahm ich mir manchmal einfach eine trockene Scheibe Brot und einen Apfel von zuhause mit, da ein Pausenbrot, wie es

Brunhilde und andere Mitschülerinnen von ihren Müttern mitbekamen, für mich nicht bereitlag und ich vor den anderen nicht als Kind armer Leute dastehen wollte.

In den ersten Schuljahren hatten wir eine junge, engagierte Lehrerin, Fräulein Isolde Dirr. Ich mochte meine Lehrerin sehr und ich war geradezu fasziniert von ihr, weil sie so außergewöhnliche Begabungen hatte. Sie spielte fantastisch Geige und sie hatte eine wunderschöne Sopranstimme. Musik lag ihr im Blut. Fast jede Woche brachte sie uns Kindern ein neues Volkslied bei, und es war bei ihr üblich, jeden Schultag mit Musik einzuleiten, bevor der eigentliche Unterricht begann. Schon damals bereitete es mir viel Freude zu singen. Beim Singen fühlte ich mich befreit und entspannt, und ich konnte mir so manchen Kummer geradezu von der Seele trällern. Da ich eine tiefere Stimme als die anderen Kinder hatte, durfte ich, wenn das jeweilige Lied es hergab, die zweite Stimme singen, was mich immer ein wenig stolz machte.

Auch die anderen Schulkinder mochten das Fräulein Dirr; denn sie kümmerte sich sogar außerhalb des Unterrichts um die Belange der ihr anvertrauten Kinder. Sie kannte die Sorgen und Nöte der Landbevölkerung nur allzu gut und zeigte dementsprechend auch viel Einfühlungsvermögen und Verständnis.

Da Fräulein Dirr durchaus mitbekam, wie viele Aufgaben ich auf Geheiß meiner Eltern noch neben der Schule auf dem Hof zu bewältigen hatte, und ihr sehr daran gelegen war, dass wir Kinder auch vom Elternhaus aus im schulischen Bereich gefördert und unterstützt wurden, suchte sie regelmäßig neben den anderen Eltern ihrer Schüler auch meine Mutter auf, um entsprechend auf sie einzuwirken. Doch offensichtlich traf sie hier nie auf ein offenes Ohr oder nur ein Anzeichen von Entgegenkommen seitens meiner Mutter. Alles blieb beim Alten. Ich wurde weiterhin als billige Arbeitskraft eingesetzt und sollte als Mädchen möglichst dumm gehalten werden; denn Mädchen brauchen nichts zu lernen. Die würden ohnehin später heiraten, Kinder kriegen und den Haushalt versorgen, war die gängige Meinung hierzu.

Ich war traurig, dass ich so oft nicht in die Schule gehen durfte, weil ich zuhause für irgendwelche Arbeiten gebraucht wurde. Erdkunde, Singen und Malen waren meine Lieblingsfächer.

Fasziniert starrte ich auf die Weltkarte, die Fräulein Dirr vor der Tafel in unserem Klassenzimmer auf einen Kartenständer hängte. Sie erklärte uns damit die Welt. Ganz besonders interessierte mich, was Frau Dirr über die Philippinen zu erzählen wusste. Begeistert lernte ich die Namen aller Inseln auswendig. Unsere Lehrerein wollte ihre Erdkundestunde am nächsten Tag fortsetzen. Doch für mich fiel sie aus, weil ich wieder einmal bei der Arbeit zuhause gebraucht wurde. Als ich wieder in die Schule zurückkam, musste ich zu meiner Enttäuschung feststellen, dass die Weltkarte bereits entfernt und das Thema abgeschlossen war. Zuhause hatten wir weder Atlas noch Bücher, aus denen ich das Versäumte hätte nachholen können.

Auf Anregung von Fräulein Dirr pflückten wir zum Muttertag auf den Wiesen frische Feldblumensträuße für unsere Mütter als Geschenk zum Zeichen der Dankbarkeit. Dazu lernten wir dann noch ein Gedicht auswendig, was wir bei der Überreichung der Blumen aufsagen sollten:

> „Himmelblaue Blümelein,
> fünf Blättchen und ein Ringelein,
> schenk ich dir zum Muttertag,
> weil ich dich am liebsten mag.“

Ich pflückte für meine Mutter Vergissmeinnicht, die zuhauf gleich hinter unserem Haus blühten, drapierte sie im Kreis in einem mit Wasser gefüllten Suppenteller und beschwerte die Stiele in der Mitte mit einem Stein. Die Blumen richteten sich um den Stein herum auf und bildeten so einen Blütenkranz. Mein Muttertaggeschenk holte meine Mutter für einen Augenblick aus ihrem Alltag heraus. Ich erhielt zwar kein Dankeschön, wurde aber mit einem Lächeln belobt.

Das Schulfach Deutsch war keinesfalls meine Stärke. Vor allem nicht die Rechtschreibung. Deshalb war ich überrascht, als eines Tages das Fräulein Dirr meinen Aufsatz über den Volkstrauertag noch vor dem Unterricht mit allen Rechtschreibfehlern an die Tafel geschrieben hatte. Ich schämte mich zutiefst für meine vielen Fehler. Aber Fräulein Dirr ging überhaupt nicht auf die Rechtschreibung ein, sondern lobte mich für den Inhalt und die Darstellung vor der ganzen Klasse. Die anderen Schüler hingegen wurden von ihr getadelt, weil sie sich für das Thema zu wenig Mühe gegeben und sogar vielfach voneinander abgeschrieben hatten. Ich war stolz auf das Lob, schämte mich aber wegen der vielen Rechtschreibfehler.

Zu Weihnachten übte Fräulein Dirr mit uns ein Theaterstück ein, in dem ich eine der Hauptrollen, nämlich den Heiligen Nikolaus, spielen durfte. Ich war überglücklich und auch etwas stolz. Leider aber war ich nur bei zwei von vier Aufführungen dabei, weil meine Eltern der Meinung waren, dass meine Arbeit auf dem Hof wichtiger sei als irgendein Theaterzirkus. Ich war sehr enttäuscht darüber und auch sehr traurig. Wütend und mit den Tränen kämpfend verrichtete ich meine Arbeit auf dem Hof, während der Nachbarsjunge Vitus als Nikolaus auf der Bühne stand.

Kinderarbeit

Neben der Schule bestand jeder Tag für mich hauptsächlich aus Arbeit, Kinderarbeit. Kinder waren billige Arbeitskräfte. Es war nicht so, dass ich mich ausgenutzt fühlte, aber ich vermisste die Zeit, um mit anderen Kindern spielen zu können. Spielen galt für die Erwachsenen als vertane Zeit. Nur selten durfte ich mal unbeschwert mit den anderen Kindern meiner Klasse herumtollen. Immer hieß es: „Zuerst erledigst du deine Aufgaben!"

Und es waren viele Aufgaben, die man mir aufbürdete und für die ich schon als Kind verantwortlich gemacht wurde. Ich fühlte mich oft erschöpft und war traurig, wenn ich die Kinder aus der Nachbarschaft ausgelassen miteinander spielen sah. Im Grunde genommen gab es für mich keine echte Kindheit. Sie wurde mir sowohl von meinen Eltern als auch von Großeltern geraubt.

Damals konnte ich noch nicht ermessen, dass diese unsäglichen Belastungen, die von mir schon als kleines Kind abverlangt wurden, mir schließlich in meinem Erwachsenenleben sogar eine große Hilfe sein würden. Sie haben mich stark, selbständig, ehrgeizig und tapfer gemacht. Ich lernte fürs Leben, auch mit wenig auszukommen, auf vieles zu verzichten, was nicht wirklich gebraucht wird und eigentlich überflüssig ist, und schwierige Situationen im Leben durchzustehen.

Der einzige Lichtblick im grauen Alltag meiner Kindheit, war mein Kontakt zur Nachbarstochter Dorle Jäckle, die acht Jahre älter war als ich. Die Familie Jäckle besaß eine Käserei. Dorthin brachten alle Bauern ihre Milch. Es war eine feine, liebe Familie mit vier Kindern. Ihre beiden Söhne sind im Zweiten Weltkrieg in Russland gefallen.

Dorle musste wie alle Mädchen im Alter von 14 bis 18 Jahren zum Bund Deutscher Mädel, dem weiblichen Zweig der

Hitlerjugend. BDM war der Kurzname dieser NSDAP-Mädchenschaften. Zunächst gehörten Wanderungen, Gymnastik, Lagerfeuer und Geländespiele zum Programm der BDM-Mädels. Als aber der Krieg ausbrach, wurden die BDM-Mädchen häufig als Haushaltshilfen eingesetzt, manchmal sogar im Osten fern der Heimat. Da sich zwischen ihnen und den Soldaten durchaus Liebschaften entwickelten, wurden die BDM-Maiden im Volksmund auch als „Bund Deutscher Matratzen" oder „Bubi Drück Mich" verspottet.

Dorle leistete sehr zu meiner Freude ihren BDM-Dienst bei uns auf dem Hof. Sie half mir bei den Hausaufgaben und gab mir auch Nachhilfe, damit ich in der Schule, trotz der vielen Arbeit auf unserem desolaten Bauernhof, nicht zurückfiel. Sie kümmerte sich rührend um mich wie eine große Schwester. Sie brachte mir Lesen und Scheiben bei, indem sie mir die Buchstaben in Schönschrift vorgab, die ich dann auf meine Schiefertafel übertrug. Auch übte sie mit mir das kleine Einmaleins. Gern und erfüllt mit Dankbarkeit erinnere ich mich an meine Dorle.

Manchmal begleitete ich Dorle zu ihr nach Hause und versuchte mich dort nützlich zu machen, indem ich beim Verpacken des Backsteinkäses im Molkereibetrieb ihrer Eltern half. Die mit weicher Rotschmierrinde umgebenen Stinkekäsestücke wickelte ich sorgsam in eine Art Butterbrotpapier. Dorles Mutter lobte meine Arbeit.

In den Sommerferien gingen die meisten Dorfkinder zum Schwimmen in die Neufnach. An der alten Mühle beim Stauwehr erteilte unsere Lehrerin Frau Dirr den Kindern Schwimmunterricht. Ich durfte natürlich wieder nicht mitmachen, da währenddessen meine Arbeit zuhause liegengeblieben wäre und ich ohnehin keinen Badeanzug besaß. Und außerdem gab es im August die meiste Arbeit auf den Feldern, Wiesen und Äckern.

Unsere zwei Ochsen wurden vor die Mähmaschine gespannt, um so tagelang, je nach Wetterlage auch ununterbrochen, das gesamte Heu einzubringen. Das Nacharbeiten musste per Hand geschehen. Sobald die Sonne schien, wendeten wir zwei bis drei Tage lang das Heu zum Trocknen. Jeden Abend wurde es zu kleinen Haufen, Bierlingen, zusammengerecht, um es am nächsten Morgen wieder zu zerstreuen. Danach begann der ganze Prozess von vorn.

Aber auch das Einfahren der Ernte war sehr mühsam. Eine Person stand bei sengender Sonne auf dem Heuwagen und nahm entgegen, was von unten hochgegabelt wurde. Zum Laden musste man den Verstand gebrauchen, um das Heu so zu verteilen, dass nicht alles wieder herunterfiel. Das Heu mit einer langstieligen, dreizinkigen Gabel auf den Wagen hochzureichen, erforderte enorme Kraft von einem jeden. Eine anstrengende Arbeit, selbst für einen kräftigen Mann! Die Frauen und Kinder gingen dem Wagen nach und rechten noch einmal auf, was liegengeblieben oder heruntergefallen war, damit wirklich nichts verlorenging. Auf dem Hof musste dann alles in die Scheune gebracht werden, hoch hinauf bis unters Dach.

Noch schlimmer und härter als das Einbringen des Heus war die Kornernte. Die vier Getreidesorten, Weizen, Roggen, Gerste und Hafer, wurden meist mit der Sense per Hand gemäht. Danach wurde das Korn eingesammelt, gebunden und zum Trocknen als Kornmandl aufgestellt. Am unangenehmsten war der Roggen, lang, stachelig und mit vielen Disteln vermischt, da man damals noch keinen Unkrautvernichter kannte.

Wenn das Korn nach zwei Tagen endlich trocken war, wiederholte sich dieselbe Prozedur wie bei der Heuernte. Alles musste auf den Wagen geladen und von den Ochsen nach Hause gezogen werden. Dann folgten das mühsame Abladen und das Verstauen der Garben mit Gabeln hoch hinauf in die Tenne der Scheune. Eine körperlich anstrengende, schwere Arbeit. Im Oktober holten wir das ganze Korn wieder vom Scheunenboden herunter. Dann lief tagelang die Dreschmaschine. Allen Beteiligten war bitter bewusst, dass es im nächsten Jahr nicht anders ablaufen würde.

Kühe hüten empfand ich dagegen als reinste Erholung. Barfuß lief ich mit einem Lied auf den Lippen über die Stoppelfelder und trieb die Kühe auf die Weide. Sie hopsten und sprangen voller Freude; denn sie konnten sich nun völlig frei bewegen. Zäune gab es nicht. Allerdings hatte man mir befohlen, möglichst eine Wiese auszusuchen, die neben einem Kartoffelacker lag, damit ich zwei Arbeiten gleichzeitig ausführen konnte: Kartoffeln klauben und dabei ein Auge auf die Kühe werfen. Manchmal traf ich andere Kinder, die ebenfalls zum Kühe hüten bestimmt worden waren. Dann sammelten wir im benachbarten Wäldchen trockenes Holz, machten für uns ein Hirtenfeuer und brieten darin Kartoffeln vom Feld. Die schmeckten so köstlich. Für wenige Stunden fühle ich so etwas wie Glücklichsein. Wie sehr genoss ich doch diese Zeit!

Familienalltag

Wenn es auch banale Dinge waren, so kann ich mich, je länger ich darüber nachdenke, auch an ein paar schöne Augenblicke in meiner Kindheit erinnern. Hinter unserem Bauernhaus war ein Hügel, da rannten wir Kinder manchmal hoch und wenn das Gras schon hochgewachsen war, legten wir uns einfach auf den Boden und rollten wie auf einem weichen Bett den Hügel hinab. Welch beglückende Momente kindlicher Ausgelassenheit!

Wir sechs Kinder hatten zusammen nur ein Zimmer. Um in diese Schlafkammer zu kommen, musste man durch das Elternschlafzimmer gehen. Zuerst schliefen die Babys im Bettstadl bei den Eltern und wenn sie groß genug waren, wurden sie zu uns ins Geschwisterzimmer gelegt. Unsere Matratzen bestanden aus Strohsäcken, die jedes Frühjahr von unserer Mutter erneut mit frischem Stroh ausgestopft wurden. Zum Zudecken hatten wir Federbetten, die mit Federn unserer Gänse gefüllt waren.

So etwas wie ein Badezimmer gab es nicht. Unsere Toilette war ein Plumpsklo hinter dem Haus. Nicht immer stand uns Zeitungspapier zum Hintern abwischen zur Verfügung. Deshalb mussten wir uns oftmals irgendwie anders behelfen, was im Sommer einfach war, weil wir dann schnell ein paar Blätter von einem Baum oder einem Busch zu diesem Zweck abreißen konnten.

Auf dem Herd in der Küche standen stets Töpfe mit warmem Wasser, aus denen man bei Bedarf einige Kellen zum Händewaschen in eine Waschschüssel schöpfen konnte.

Ja, und dann gab es den Badetag für uns Kinder. Am Wochenende, entweder am Samstag oder am Sonntag, je nachdem, ob die Feldarbeit Vorrang hatte. In der Küche wurde entweder ein großer Zuber oder eine Zinkbadewanne aufgestellt und fast bis obenhin mit leidlich warmem Wasser gefüllt. Damit es schneller ging, steckte unsere Mutter immer gleich zwei oder drei Kinder zusammen in die Wanne und schrubbte sie ab. Das Wasser wurde in der Regel nicht gewechselt, bevor nicht alle Kinder von Kopf bis Fuß gewaschen waren.

Der Sontag galt zwar allgemein als Tag des Herrn, doch im Sommer nicht bei uns. Sonntag war bei uns Waschtag. Während der Woche ging die Feldarbeit vor. Gleich nach dem Gottesdienst musste ich mein schönes Sonntagskleid ausziehen und zusammen mit der Mutter den Kessel im Freien anheizen, in Kübeln aus der Küche Wasser herbeischaffen und die Wäsche sortiert nach hell und dunkel zusammen mit den Seifenflocken im Kessel auskochen. Die stark verschmutzen Wäschestücke wurden mit Wurzelbürste und Seifenlauge auf einem Holztisch deftig bearbeitet. Für mich war selbst am Sonntag oftmals keine Zeit zum Spielen, um eine Freundin zu besuchen oder etwas zu tun, was mir Freude bereitet hätte.

Das Verhältnis von mir zu meinen Geschwistern war, wie man es von einer älteren Schwester erwartete. Ab einem gewissen Alter war ich für die Kinder so eine Art Zweitmutter. Meine Mutter selbst war ununterbrochen mit meinen fünf Geschwistern beschäftigt und hatte zudem noch Haus und Hof zu versorgen. Wahrhaftig kein leichtes Los!

Meine Geschwister

Natürlich gab es wie bei allen Geschwistern, so auch bei uns, hin und wieder einmal Missstimmung oder gar Streit.

Auch ich ließ sie manches Mal meinen Frust spüren. Dazu kam es, als ich gerade wieder einmal den Hof fegen musste und ich das Empfinden hatte, meine Schwester Juliane würde mir ständig im Weg umgehen. Trotzig grinsend und in der Nase bohrend stand dieser kleine, dunkle Lockenkopf vor mir. Ich fühlte mich genervt von ihr, da sie sich immer gerade da aufhielt, wo ich den Boden kehren wollte. Sie tanzte mir so richtig vor meiner Nase herum.

„Geh mir aus dem Weg", schnauzte ich sie wiederholte Mal an. Sie grinste nur. Da holte ich aus und schlug ihr den Besen über den Kopf. Die Kleine wusste nicht, wie ihr geschah, und fing lauthals an zu heulen, so dass alle anderen Geschwister und die Mutter Schlimmstes befürchtend herbeiliefen. Es tat mir auch sofort leid. Was ich da in meiner Wut gemacht hatte, war völlig untypisch für mich. Mein ganzer Frust, immer das Aschenputtel für andere zu sein, ständig mit Schrubber und Putzlappen herumlaufen zu müssen statt mit Buch und Schreibzeug, um endlich wie andere Kinder lernen zu dürfen und aufzuholen, hatte sich in diesem Moment auf meine Schwester Juliane entladen.

Als Paul, mein Bruder, etwa 5 Jahre alt war, spielte er mit Ernst, unserem Jüngsten, im Stall, während der Vater die Stallarbeit verrichtete. Die alte hölzerne Stalltür konnte man in der Mitte teilen und schwenken. Die Buben setzten sich auf den unteren Teil der Tür, schaukelten hin und her und johlten ausgelassen. Sehr zum Ärger des Vaters. Genervt scheuchte er sie weg.

Paul und Ernst ließen sich den Tag jedoch nicht verdrießen, sondern verzogen sich in die Scheune und stiegen dort auf die Tenne. Das Heu war bereits eingebracht und verdeckte wie dicke Wolken den Boden. Die Tenne war nur mit schmalen, wackeligen Brettern belegt. Die Buben tollten ganz fröhlich, ausgelassen und unbedacht im Heu, bis Paul zwischen zwei Bretter trat und kopfüber in die Tiefe auf den harten Betonboden der Scheune stürzte. Vater, aufgeschreckt vom Schreien des kleinen Ernsts, eilte herbei, hob das leblose Paulchen auf, trug ihn ins Haus und legte ihn auf den Küchentisch. Ich konnte sehen, dass das Hirn aus der klaffenden Kopfwunde quoll. Welch schrecklicher Anblick!

Es dauerte, bis der Arzt kam und Paul in die Klinik nach Augsburg gebracht werden konnte. Dort lag er monatelang in einer Art Gipsschale um den Kopf. Tante Resi, die Schwester meines Pflegevaters, wohnte nicht weit weg von Augsburg und besuchte den Jungen fast täglich. Hieraus entwickelte sich eine enge, mütterliche Beziehung zwischen Tante Resi und dem kleinen Paul. Das war wohl auch der Grund, warum sie von den vier Brüdern Paul später zu sich holte

Als die Älteste war ich so gut wie für alles verantwortlich, und von mir wurde erwartet, stets vernünftig zu sein. Tagtäglich musste ich im Haushalt zur Hand gehen, beim Putzen, Kochen und Waschen. Alles mit der Hand, versteht sich, sogar an Sonn- und Feiertagen. Auch hatte ich Stall- und Feldarbeiten zu erledigen und natürlich das Kleinvieh zu füttern. Außerdem forderte meine Mutter vehement ein, dass ich sie bei der Erziehung meiner fünf Geschwister unterstützte. Oft musste ich wegen der vielen Arbeit im Haus, auf dem Hof und auf den Feldern vom Schulunterricht freigestellt werden.

Meinen Geschwistern erteilte ich Nachhilfe, weil sie mir leidtaten. Adolf, mein kleiner Bruder, konnte in der dritten Klasse noch nicht einmal lesen! So durfte es nicht weitergehen! Also versuchte ich, ihm mit viel Geduld Lesen und Schreiben beizubringen. Aber anstatt sich mir für meine Hilfe dankbar zu zeigen, wurde er aggressiv und ging erbost mit seinen Fäusten und einmal sogar mit einem Stecken auf mich los. Zum Spielen, wie es altersgerecht gewesen wäre, fand ich kaum Gelegenheit.

Und dann die Kleidung! Alles wurde selbst gemacht und, bis es endgültig auseinanderfiel, geflickt. Fast täglich musste ich waschen, Socken stopfen, die zerrissenen kurzen Hosen meiner Brüder ausbessern, Knöpfe annähen und unsere Kleider irgendwie zurechtmachen.

Es gab in unserem Dorf nach dem Krieg Flüchtlingsfrauen, die sich mit Näharbeiten über Wasser hielten. Sie waren geschickte Schneiderinnen. Ihnen gab meine Mutter zwei nagelneue Kopfkissenbezüge von unserer Bauernwäsche, ein blaugeblümtes und ein rosageblümtes. Sie bat die Frauen, für meine Schwester Juliane und mich daraus Kleider zu nähen. Und tatsächlich entstanden unter den geschickten Händen der Näherinnen aus einfachstem Material zwei zauberhafte Kleidchen. Wie waren wir glücklich und stolz darüber! Wir drehten uns immer wieder vor dem Spiegel im Schlafzimmer unserer Eltern, bestaunten uns in den schönen Kleidern und fühlten uns wie kleine Prinzessinnen.

Gerne spielten meine Geschwister und ich mit anderen Dorfkindern am Bach, der unseren Hof von drei Seiten umschloss. Wir übten Weitsprung, indem wir johlend von einem Ufer zum anderen hüpften. Ich wagte einmal sogar mit einem kühnen Sprung die breiteste Stelle des Baches zu überqueren und flog dann auch prompt in selbigen hinein. Statt Beifall erntete ich schadenfrohes Lachen. Mindestens einmal im Jahr trat unser Bächlein über die Ufer. Sein Wasser kam durch die Hintertür in unser Haus und floss vorne zu Haustüre wieder hinaus.

Spielen am Bach vor dem Hof
1943

Geschwister Ernst, Paul, Hans, Adolf, Juliane und Theresia
1944

Kriegszeiten

Zu Beginn des Kriegs im Herbst 1939 wurden die meisten Bauern noch auf „uk" gestellt. Uk, unabkömmlich, bedeutete, dass sie vom Kriegsdienst befreit waren. Je länger sich der Krieg hinzog, desto mehr Bauern wurden zum Wehrdienst geholt. Im Frühjahr 1943 bekam auch Johann Bäuerle, mein Ersatzvater, seine Einberufung. Er wurde direkt an die Front nach Russland als Pionier und Brückenbauer beordert. Im Sommer 1943 erhielt er noch einmal Fronturlaub und durfte nach Hause kommen, um die Ernte mit einzubringen. Ab 1944 sahen sich meine Eltern für lange Zeit nicht mehr wieder. Nun musste meine Mutter den Hof und alle anderen Aufgaben allein mit uns Kindern bewältigen.

Eines Nachts klopfte es an unserer Tür. Als wir nicht reagierten, wurden Steinchen gegen die Fensterläden von Mutters Schlafzimmer im ersten Stock geworfen. Da ich als Kind ziemlich neugierig war, beobachtete ich alles genau. Nichts blieb meinen Ohren und Augen verborgen. Meine Mutter öffnete das Fenster. Unten stand der Bürgermeister mit einer unbekannten Frau. Sie war eine russische Kriegsgefangene mit dem Namen Olga. Olga, etwa um die Zwanzig, sollte uns bei der vielen Arbeit zur Hand gehen.

Nach einiger Zeit brachte der Bürgermeister auch noch einen serbischen Kriegsgefangenen zu uns. Er hieß Vitomir. Er war mir von Anfang an irgendwie unheimlich. Er hatte stechende, hellblaue Augen. Sein Blick jagte mir einen Schrecken ein. Trotzig war sein spitzes Kinn nach vorne geschoben. Er trat stolz und männlich auf und zeigte deutlich seinen Ärger über seine Gefangenschaft und darüber, dass man ihn nach Deutschland verfrachtet hatte. Nur unwillig erledigte er die Landarbeit. Ganz im Gegensatz zu Olga, der Russin.

Olga hatte sich mit ihrem Schicksal abgefunden, lebte offensichtlich gern bei uns und liebte uns Kinder aus vollem Herzen. Meine Mutter behandelte Olga wie ein Familienmitglied und versorgte sie mit Kleidung und dem Nötigsten, was sie sonst so brauchte. Auch ich mochte Olga. Nur zu gern hätte ich von ihr mehr Russisch gelernt, als sie mir neben ihrer Arbeit beizubringen vermochte. Ständig fragte ich in meiner kindlichen Wissbegier, wie etwas auf Russisch heißt, was ihr manchmal sichtlich auf die Nerven ging. Erst später registrierte ich, dass sie mir doch eine ganze Menge beigebracht hatte.

Olga bekam ein eigenes Zimmerchen bei uns im Haus, während Vitomir, der Serbe, in der kleinen Stallkammer notdürftig untergebracht wurde.

Es kam, wie es kommen musste. Die beiden, fern der Heimat und durch ein ähnliches Schicksal miteinander verbunden, fanden zueinander, und Olga wurde schwanger. Vertrauensvoll erzählte sie meiner Mutter von ihrem Missgeschick und wirkte untröstlich, was ich natürlich voll mitbekam. Kurz vor Kriegsende kam das Baby bei uns auf dem Hof zur Welt. Ein Mädchen, das Darja genannt wurde. Da die befreiten Gefangenen später mit Zügen zurück in ihre Heimat transportiert werden sollten, mutmaßten die Nachbarinnen gehässig, Olga würde ihr Kind, die kleine Darja, während der Fahrt bestimmt entsorgen. Solche Reden machten mich wütend, denn ich konnte nicht glauben, dass unsere Olga zu so einer Tät fähig wäre. Schließlich sah ich jeden Tag, mit wie viel Liebe sie ihr kleines Mädchen umsorgte. Niemals hätte sie ihm etwas zuleide getan.

Meine Freundin Dorle erzählte mir eines Tages, dass ihre Eltern die Räder und Reifen ihres wunderschönen, schwarz glänzenden Mercedes, mit dem ihr Vater uns einmal im Jahr nach Immelstetten zu meinen Großeltern fuhr, für den Endsieg hatten abgeben müssen, obwohl die Jäckles das Auto doch dringend auch für ihren Molkereibetrieb gebraucht hätten. Requirieren nannte man fachmännisch solche Aktionen. Nun stand der Wagen aufgebockt auf vier Holzklötzen nutzlos in der Scheune.

Lange waren wir vom Kriegsgeschehen verschont geblieben, doch kurz vor Kriegsende 1945 flogen plötzlich Tiefflieger über unser Dorf. Wir waren gerade beim Frühjahrsputz. Wie jedes Jahr wurden bei dieser Aktion sämtliche Zimmer geweißelt, alle Fenster geputzt und die Böden ausgiebig geschrubbt.

Da die elektrischen Leitungen und Schalter bei uns im Haus nicht unterputz, sondern aufputz verlegt waren, traf mich fast jedes Mal, wenn ich die Schalter vom Kalk reinigen musste, ein elektrischer Schlag, der in mir das Gefühl auslöste, mich nicht mehr von der Stelle bewegen zu können. Diese Angst begleitete mich das ganze Leben. Ich rühre keine elektrischen Leitungen an, sondern beauftrage lieber einen Fachmann. Vor allem habe ich seither einen Heidenrespekt vor Elektrizität in Verbindung mit Nässe.

Während unserer Reinigungsaktion standen die meisten Möbel im Freien, um mit einer Wurzelbürste gründlich gesäubert zu werden. Wir waren wieder einmal alle auf dem Hof, um Schränke, Tische und Stühle vom Staub des letzten Jahres zu befreien. Unsere Arbeit wurde jäh unterbrochen, als wir das Brummen von Flugzeugen vernahmen. Zunächst bewunderten wir die englischen Tiefflieger, die über uns hinwegfegten. Doch als schließlich Maschinengewehre ratterten, flüchteten wir ins Haus und verkrochen uns unter dem Küchentisch bis die Schießerei endlich vorbei war. Die Flieger schossen auf alles, was sich bewegte. Ein Wunder, dass wir nicht getroffen wurden, als wir uns noch im Hof aufhielten.

Hinterher entdeckten wir am Haus und im Hof tiefe Einschläge. Der Krieg war nun vorbei.

Die Befreier

Nach Kriegsende, Mitte Mai 1945, fuhren eines Nachts die Amerikaner mit ihren Panzern und Jeeps durch das Dorf und schlugen ihr Lager auf der großen Wiese direkt vor unserem Haus auf. Sie beschlagnahmten auch unseren Hof. Ängstlich und eng aneinander gedrängt standen wir sechs Kinder mit unserer Mutter in der Küche. Zwei Soldaten hielten uns wie Schwerverbrecher mit ihren Gewehren in Schach. Mit lauter Stimme forderte uns einer der Soldaten auf, uns auf den kalten Steinboden zu setzen. Mit den Armen über dem Kopf. Wir starrten die Eindringlinge verängstigt an und warteten schweigend und zitternd auf weitere Anweisungen. Oder sollte dies gar unser Ende sein?

Ein hoch gewachsener amerikanischer Soldat, ein Offizier anscheinend, betrat mit seinen blank geputzten Stiefeln die Küche. Bangen Herzens blickte ich zu ihm hoch. Er machte direkt vor mir Halt. Ich zitterte am ganzen Körper vor Angst. Sein Blick verriet, dass er Mitleid mit uns hatte. Und tatsächlich ließ er, bevor er mit seinen Soldaten unsere Zimmer belegte, Decken bringen, damit wir wenigstens auf dem Küchenboden schlafen konnten.

Im Schlafzimmer verwahrte meine Mutter unter dem Bett stets eine Kiste mit Vorräten, die unsere Besucher natürlich sofort entdeckten und konfiszierten. Gierig machten sie sich über den Inhalt her und forderten uns vehement auf, auch alle anderen Lebensmittel, wie Eier, Mehl und Zucker, herauszurücken.

Es dauerte nicht lange, da wurden die amerikanischen Soldaten von ihrem Nachschub mit Proviantkartons versorgt, die uns Kindern nicht verborgen blieben. Heimlich warfen wir einen Blick in Kisten, die sie bei uns im Hof deponiert hatten. Dort fanden wir so paradiesische Gaben wie Toast, Kekse,

Schokolade und Corned Beef. Mit einem etwas schlechten Gewissen, aber dennoch mit einem gewissen Gefühl der Genugtuung und Freude stibitzten wir, was unsere Hände fassen konnten.

Die amerikanischen Soldaten blieben nur für zwei Nächte bei uns. Anscheinend war ihnen unser Hof doch zu armselig. Sie fanden sicherlich bessere Unterkünfte im Ort. Denn es gab durchaus ein paar schönere Häuser in unserer Gemeinde, die von den Bewohnern ebenfalls geräumt werden mussten und fortan als Quartier für die befreiten Kriegsgefangenen und die Soldaten der Alliierten dienten.

Der Hof des Johann Bäuerle

Der Hamsterer

Als sich nach Wochen alles wieder etwas beruhigt hatte, kamen nach den Amerikanern die Hamsterer in unseren Ort, um sich bei den Bauern mit Lebensmitteln einzudecken. Es waren rege Tauschgeschäfte in Gange. Gold, Silber, Uhren, Schmuck und andere Wertgegenstände wurden gegen Eier, Mehl, Fleisch und Butter eingetauscht.

So stand eines Tages der leibhaftige Teufel, wie ich glaubte, vor unserer Tür. Der Anblick dieses fremden Mannes mit seinem wilden, zerfurchten Gesicht und dem bösen, stechenden Blick löste in mir schreckliche Angst, ja geradezu Panik aus. Meiner Mutter hingegen schien dieser Mann zu gefallen. Er wirkte von seiner Statur her groß und sportlich. In der Tat fehlte in unserem Haus nichts mehr als ein kräftiges Mannsbild.

Dieser Mann stand nun, wie gerufen, breitbeinig vor unserer Tür, grinste meine Mutter frech an und stellte sich als Alois Bauhofer vor. Meine Mutter bat ihn vertrauensselig in die Küche. Ich hatte mich ängstlich hinter die Stalltür gedrückt.

Er wohne eine Ortschaft weiter, erzählte er, mit seiner Frau und seinem Sohn Olaf. In einem Behelfsheim aus Fertigplatten habe man sie untergebracht. Tatsächlich handelte es sich um eine windige Hütte auf einem Gartengrundstück, eine nach dem Krieg übliche Bauweise, um der Wohnungsnot pragmatisch entgegenzuwirken. Einmal wagte ich, mir das Haus aus der Ferne anzusehen. Ob Alois Bauhofer überhaupt einen Beruf ausübte, war nicht herauszubringen. Eher traute man ihm zu, dass er sich auf anderen Wegen sein Ein- und Auskommen verschaffte. Zumindest verließ er nie ohne seinen Hamster-Rucksack auf dem Rücken sein Haus.

Meine Mutter war nun 33 Jahre alt. Sie fühlte sich trotz der vielen Arbeit jung und in den besten Jahren. Ihr Mann Johann

Bäuerle, mein Ersatzvater, den sie nicht wirklich liebte, befand sich inzwischen in Sibirien in Kriegsgefangenschaft. Ob er jemals wieder zurückkommen würde, stand in den Sternen. Meine Mutter war einsam und sehnte sich sicher auch nach etwas Liebe, Zuneigung und Zärtlichkeit. Außerdem benötigte sie auf dem Hof dringend Hilfe, nachdem die russische Magd Olga mit ihrem Kind und auch Vitomir, der serbische Kriegsgefangene, in ihre Heimat zurückgekehrt waren.

So entwickelte sich, wie es kommen musste, eine enge Beziehung zwischen dem Hamsterer Alois Bauhofer, vor dem ich noch immer schreckliche Angst hatte, und meiner Mutter. In ihrer Verliebtheit gab sie ihm alles, nicht nur, was sie an Lebensmitteln übrighatte, auch sexuell ließ sie sich mit ihm ein. Bald wurden seine Besuche zur Gewohnheit und er fühlte sich bei uns wie der Herr im Haus. Ich beobachtete die beiden misstrauisch und empfand ihr Verhalten schändlich, ja irgendwie abstoßend. Im Dorf schämte ich mich vor meinen Mitschülerinnen, wenn sie lautstark über den Lebensstil meiner Mutter lästerten.

Es wurde Sommer. Die Heuernte stand an. Alois Bauhofer, Mutters Liebhaber, hatte bereitwillig seine Hilfe angeboten. Das Heu war gemäht, getrocknet und sollte zum Hof gebracht werden. Wir alle waren auf dem Feld, um nun den Heuwagen zu beladen. Mitten in der Arbeit kam es zum Streit zwischen meiner Mutter und ihrem Liebhaber. Der Wagen war noch nicht einmal zur Hälfte mit Heu beladen, da entwickelte sich zwischen ihnen eine lautstarke Auseinandersetzung. Aus einiger Entfernung hörten wir ihr Schreien und Keifen. Entsetzt nahmen wir Kinder wahr, wie Alois Bauhofer seine rechte Hand zum Schlag ausholte, um auf unsere Mutter einzudreschen. Im letzten Moment besann er sich, warf wutentbrannt seine Heugabel zu Boden und zog auf und davon. Unsere Mutter und wir Kinder mussten nun allein weitermachen.

Wir waren mit dem Beladen noch nicht recht viel weitergekommen, da zog ein Gewitter auf. Hilflos und den Tränen nahe stand meine Mutter mit uns Kindern auf dem Feld. Nun musste unser ältester Bruder, der Adolf, die schwere Arbeit, für die eigentlich Mutters Liebhaber eingeplant war, übernehmen.

Leicht hatten wir Kinder es alle nicht auf dem Hof. Auch meine Geschwister mussten mitarbeiten, sobald sie groß genug waren. Wie oft haben mir meine Brüder Adolf und Hans deshalb leidgetan! Ihre Aufgabe war es, nach der Schule, den Mist, der vor unserem Haus gelagert war, auf den Wagen zu laden und mit den Ochsen raus auf die Felder zu fahren. Meine Mutter oder ich liefen hinterher und breiteten den Dung mit der Gabel auf den Feldern aus. Der Mist der Tiere war der Dünger, der auf Äcker und Wiesen verteilt Gräser und Ähren gedeihen ließ. Im Frühjahr wurde der Mist mit der Egge oder mit der Gabel unter die steinige Erde gemischt. Schien die Sonne, trocknete der Mist von allein. Wenn auf den Feldern aber Stroh übrigblieb, mussten wir es mit dem Rechen zusammenkehren und zur Verwendung als Streu für die Tiere im Stall nach Hause bringen.

Die Rückkehr des Teufels

Es dauerte nicht lange, da kehrte Alois Bauhofer, der Geliebte meiner Mutter, wieder auf unseren Hof zurück. Nach dem Streit auf dem Feld versöhnten sich meine Mutter und der Hamsterer, wie ich ihn heimlich nannte, auf ihre gewohnte Art und Weise. Sie trieben es nicht nur in der Schlafkammer, sondern auch in der Scheune, im Stall und im Heu. Ihr Stöhnen und sein wildes Grunzen machten mir Angst. Die Lust und Geilheit schienen bei Mutters Beischläfer unstillbar zu sein. Seine sexuellen Bedürfnisse waren unersättlich. Schon bald fühlte ich seine gierigen und lüsternen Augen auch auf mich gerichtet. Einmal hörte ich, wie er zu meiner Mutter sagte: „Jetzt ist deine Tochter schon groß geworden. Und ausschaun tut's auch ned schlecht. Bald werd ich sie mir packen!" Dazu grinste er hämisch, ja geradezu satanisch.

Ab diesem Zeitpunkt hatte ich eine wahnsinnige Angst davor, ihm allein zu begegnen. Schon seine Nähe und sein stechender Blick ließen mich erstarren. Ich konnte vor Angst oft nicht mehr schlafen. Völlig verzweifelt lief ich eines Tages von zu Hause weg und machte mich auf den Weg nach Immelstetten zu meinen Großeltern. Drei Dörfer weiter, vier Stunden Fußmarsch. Natürlich waren sie über mein plötzliches, unerwartetes Auftauchen verwundert und fragten nach dem Grund. Doch ich traute mich nicht, ihnen von meinem Kummer und meiner Angst zu erzählen. Ich erstarrte. Meine Stimme versagte. Ich blieb stumm. In Unkenntnis der Lage schickten mich Oma und Opa schon am nächsten Tag wieder nach Walkertshofen zurück zu meiner Mutter und dem Leibhaftigen. Ich fühlte mich absolut allein gelassen, ausgeliefert und schutzlos.

Meine Mutter und der Hamsterer erwarteten mich bereits auf dem Hof, beide in übelster Laune. Am ganzen Körper zitternd stand ich vor ihnen. Es fiel mir schwer, die Tränen zurückzuhalten. Fragen wie, woher ich käme und warum ich, ohne ein Wort zu sagen, verschwunden sei, konnte ich nicht beantworten. Ich war wie erstarrt und brachte kein Wort heraus.

In der Küche sagte er dann zur Mutter „Wenn du sie jetzt nicht zur Strafe ordentlich schlägst, dann mache ich es!"

Dann befahl er mir, mich bis auf mein Hemd auszuziehen, auch die Unterhose. Meine Mutter stand reglos, ja emotionslos daneben, als ich folgsam meine Kleider über den Küchenstuhl legte. Alois Bauhofer holte einen dicken Prügel aus der Scheune, den er meiner Mutter mit der Aufforderung in die Hand drückte, ihn nun heftig zu gebrauchen.

Ich musste mich bücken. Er schob hastig mein Hemd hoch, so dass mein Hintern frei lag. Ich erstarrte nun vollends in Angst und Schrecken. Und vor Scham. Während meine Mutter so lange auf mich einschlug, bis sie die Kräfte verließen, hielt er mich mit seinen derben Pranken an den Schultern fest. Ich lebte in diesem Moment nicht wirklich. Hatte ich vor Schmerzen bei jedem Schlag geschrien? Hatte ich geweint? Ich kann mich nicht erinnern. Wahrscheinlich habe ich einfach nur die Zähne zusammengebissen und die demütigende und schmerzhafte Prozedur lautlos über mich ergehen lassen. Es wäre am besten gewesen, sie hätten mich totgeschlagen. Dann hätte mein elendes Leben endlich ein Ende gefunden. Es wäre eine Erlösung für mich gewesen.

Ich fühlte mich zutiefst gedemütigt. Meine Seele war schlimmer verletzt als mein Körper. Mein Hinterteil war dick angeschwollen, ebenso meine Beine, und viele Stellen an meinem Körper waren blutunterlaufen. Er war Tage danach mit großen, blauen Flecken übersät. Tagelang fiel mir das Gehen und das

Sitzen schwer. Bei jeder Bewegung und sogar im Liegen quälten mich am ganzen Körper Schmerzen.

Eine besondere Qual war es für mich in der Schule still zu sitzen. Niemandem erzählte ich von dem, was ich erlitten hatte, sondern versuchte vielmehr, mein Leid zu verschweigen und meine Schmerzen still hinzunehmen. Es waren nicht nur schreckliche Tage, sondern Wochen!

Außer in der Küche gab es nur in unserer Stube im Erdgeschoß einen Ofen. Das Schlafzimmer unserer Eltern, das direkt darüber lag, wurde durch ein kleines viereckiges Loch im Fußboden beheizt. Die warme Luft konnte so aus der Stube nach oben steigen und die oberen Räume etwas temperieren, eine in vielen Bauernhöfen übliche Art der Beheizung.

Eines Abends, als ich mal wieder nicht einschlafen konnte, stand ich leise, um meine Geschwister nicht zu wecken, aus meinem Bett auf und schlich mich von unserer Kinderkammer ins Elternschlafzimmer. Die Betten waren leer. Durch das Heizungsloch im Fußboden hörte ich die Stimmen meiner Mutter und ihres Liebhabers, die sich in der Stube unten angeregt unterhielten. Es machte mich neugierig zu erfahren, was sie zu besprechen hatten. Vorsichtig, um mich nicht durch das Knarren der Fußbodenbretter zu verraten, kniete ich mich vor dem Loch auf den Boden und spitze meine Ohren. Da hörte ich meine Mutter sagen: „Glaub mir, es hat sich ja schon bewegt in meinem Bauch!"

Ein paar Tage später, als ich aus der Schule kam, stand das Auto unseres Dorfarztes in unserem Hof. Ich dachte mir, eines meiner Geschwister sei krank geworden. Vorsichtig stieg ich die Treppe hoch in den ersten Stock. Ich erschrak. Was ich sah, ließ mir den Atem stocken. Vor dem Schafzimmer meiner Mutter stand eine Blechschüssel auf dem Boden, und darin lag ein bleiches, winzig kleines Menschenkindlein mit bereits ausgebildeten Ärmchen und Füßchen! Weiß wie Schnee, Blut besudelt. Dieser Anblick war so schrecklich, dass er mir lange nicht mehr aus dem Sinn ging. Geschockt lief ich die Treppe hinunter und verkroch mich in der Scheune. Mit niemandem konnte ich darüber sprechen.

Dieser Vorfall aber sollte noch Folgen haben.

Großeltern und Theresia
1949

Jeder gegen jeden

Meine Mutter hielt Ausschau nach einem Pächter, der unsere Landwirtschaft übernehmen sollte. Es meldete sich schon bald ein Ehepaar aus dem Nachbarort, das in unser Haus zog und im Erdgeschoß wohnte. Die Stube richteten sie sich als Schlafzimmer ein. Meine Mutter blieb mit uns Kindern im oberen Stockwerk.

Da der Platz im Haus für uns alle nunmehr sehr beengt war, kam meine Mutter auf die Idee, mich zu einer ihrer Freundinnen auf einen Einödhof nach Gumpenweiler zu verdingen. Die Bäuerin lebte allein, weil auch ihr Mann noch in Kriegsgefangenschaft war. Ich sollte mich dort, gerade elf Jahre alt, als Magd um das Kleinvieh kümmern und im Haushalt mithelfen. Morgens um 5 Uhr musste ich jeden Tag aufstehen, meine Arbeiten erledigen, die Tiere füttern und mich dann auf den Weg zur Schule machen, um nach einer Stunde Wegzeit pünktlich um 8 Uhr zum Unterricht zu erscheinen.

Die älteste Schwester meiner Mutter, die Tante Anni, war in Ulm verheiratet. Sie hatte 6 Kinder, lauter Buben. Gerne hätte Tante Anni auch eine Tochter großgezogen. Deshalb wollte sie mich, schon als ich so etwa sieben Jahre alt war, zu sich nehmen. Doch meine Mutter lehnte dies strikt ab. Sie brauchte mich zum Arbeiten.

Tante Annis Sohn Erwin war mein Lieblingscousin. Er kam mit seinem Bruder Willi, als sie noch Kinder waren, manches Mal in den Ferien zu uns auf den großelterlichen Hof. Als Stadtkind ging dem kleinen zierlichen Willi die Landarbeit nicht so leicht von der Hand. Sehr zum Ärger von Tante Resi, der Schwester meiner Mutter, die noch immer bei meinen Großeltern wohnte, brachten die beiden Buben immer einen leeren Koffer mit, den Großvater generös mit Lebensmitteln füllte. Es gab ja während der Kriegs- und Nachkriegszeit kaum etwas zu kaufen und so war Tante Anni froh um jede Gabe, mit der sie ihre sechs Buben ernähren konnte.

Auch meine Brüder wurden bereits im Schulalter zu anderen Bauern, meist Großbauern, zum Arbeiten geschickt, um sich zu verdingen. Während dieser Zeit ging ich manchmal nach der Schule nach Hause, um die netten Pächtersleut zu besuchen, bei denen ich mich einfach wohlfühlte. Die Ehefrau des Pächters hatte wohl mitbekommen, wie ungern ich auf den Einödhof ging. Schließlich sorgte sie dafür, dass ich nach einigen Monaten wieder zurück auf unseren Hof kommen konnte. Da es keine andere Möglichkeit zum Schlafen gab, durfte ich nun bei den Pächtersleuten im Schlafzimmer auf einem Zustellbett direkt neben ihrem Ehebett schlafen. Ich fand das nicht schlimm, sondern wunderbar; denn ich fühlte mich neben der jungen Pächtersfrau sicher und geborgen. Gern half ich die Kühe hüten, die Kälber versorgen und die Schweine füttern. Ich ging ihnen dankbar zur Hand, wo immer es für mich möglich war. Für sie machte ich das alles mit Freuden.

Langsam baute sich zwischen uns eine sehr vertrauensvolle Beziehung auf. Deshalb erzählte ich ihnen treuherzig auch einiges, was ich vielleicht hätte doch besser für mich behalten sollen. Unter anderem entlastete ich mein Herz, indem ich ihnen eben auch die Geschichte von dem toten Baby, das ich in der Blechschüssel gesehen hatte, anvertraute.

Meine Mutter erhielt nach wie vor Besuch von dem mir so verhassten Hamsterer. Alois Bauhofer war heilfroh, dass nun die Pächter seine Arbeit übernommen hatten und er selbst nichts mehr tun musste. Er konnte sich so voll und ganz seinen Kavaliersdiensten widmen. Trotzdem kam es immer wieder zu Spannungen und zum Streit zwischen ihm und meiner Mutter.

Die neuen Pächter hatten viel Holz zum Heizen mitgebracht, das sie in der Scheune lagerten. Eines Tages beobachtete der Hamsterer, wie der Pächter eine Pistole unter einem Holzstapel versteckte. Der Besitz von Waffen war strengstens verboten. Unverzüglich erstattete dieser perfide Kerl Anzeige gegen den Pächter. Allerdings nicht nur wegen des unerlaubten Waffenbesitzes, sondern zusätzlich auch weil die Pächtereheleute mich als Minderjährige seiner Meinung nach bei ihnen im Bett schlafen ließen.

Im Oktober, die Ernte war gerade eingebracht, wurde der Pächter von der Polizei abgeholt. Ich war entsetzt und empfand großes Mitleid mit seiner erst fünfundzwanzigjährigen, jungen Frau, die völlig verzweifelt zurückblieb. Nun stand sie allein da.

Im Gegenzug erstattete das Pächterehepaar schon bald darauf Anzeige gegen meine Mutter und ihren Liebhaber wegen der verbotenen Abtreibung. Wieder kam die Polizei ins Haus. Die Pächterin packte aufgrund dieser Streitigkeiten ihre Sachen und zog zwei Ortschaften weiter.

Der ganze Ärger hatte für mich aber auch einen großen Vorteil. Ich durfte nun mit fast zwölf Jahren wieder zu meinen Großeltern nach Immelstetten. Wie glücklich war ich, endlich aus diesen verworrenen Verhältnissen herauszukommen.

Einige Monate später kam es zur Gerichtsverhandlung, zu der auch ich als Zeugin vorgeladen wurde. Es war schon seltsam, die eigene Mutter auf der Anklagebank sitzen zu sehen. Der Richter forderte mich auf zu beschreiben, was ich damals in dieser Blechschüssel gesehen hatte. Ich wiederholte wahrheitsgemäß das Erlebte, das sich tief in mein Herz eingebrannt hatte.

Wie der Prozess ausging, konnte ich mit meinen knapp zwölf Jahren nicht nachvollziehen. Auf alle Fälle aber wurde meine Mutter nicht verurteilt. Ich nehme an, dass sie den Vorfall als eine normale Fehlgeburt glaubhaft darstellen und sich deshalb von dem Vorwurf einer Abtreibung reinwaschen konnte. Meine Mutter verlor darüber jedenfalls kein Wort mehr.

Johann Bäuerles Rückkehr

Nach dem Gerichtsprozess lebte ich, nun 12 Jahre alt, wieder bei meinen Großeltern in Immelstetten. Johann Bäuerle, der mir stets als mein echter Vater verkauft wurde und zu dem ich nie eine tiefe emotionale Bindung gefunden hatte, war noch immer in russischer Gefangenschaft. Großvater las aus der Zeitung vor, was über die Kriegsgefangen berichtet wurde. Schätzungsweise drei Millionen deutsche und österreichische Soldaten waren von 1941 bis 1945 in sowjetische Kriegsgefangenschaft geraten. Die ersten Gefangenen, die nach dem Krieg aus Russland in die Heimat zurückkommen durften, waren kranke und arbeitsunfähige Männer. Johann Bäuerle war nicht dabei. Wer arbeiten konnte, musste in sowjetischen Lagern die massiven Kriegsschäden, die von den Deutschen verursacht worden waren, mit körperlicher Kraft unter Einsatz ihres Lebens beseitigen helfen. Erst als die Außenminister der Alliierten 1947 eine Vereinbarung getroffen hatten, Kriegsgefangene bis Ende 1948 in ihre Heimat zurückkehren zu lassen, stieg bei meinen Großeltern die Hoffnung auf die Rückkehr ihres Schwiegersohnes Johann Bäuerle.

Eines Morgens, im Mai 1948, sagte der Großvater zu mir: „Heut kommt dein Vater aus Sibirien zurück. Es gehört sich, dass du ihn am Bahnhof gebührend empfängst. Er ist ja dein Vater. Er kommt heut Nachmittag um zwei Uhr auf dem Bahnhof in Walkertshofen an."

Ich schaute den Großvater mit großen Augen an. Eigenartig! Diese Nachricht löste in keiner Weise Freude in mir aus. Eigentlich verspürte ich innerlich gar keine Regung.

„Freust dich denn gar nicht, Resi?", fragte der Großvater nach. Und die Großmutter bemerke aus dem Hintergrund, während sie am Herd hantierte: „Ist doch kein Wunder, wenn man seinen Vater jahrelang nicht mehr gesehen hat."

„Da kriegst ein Fahrgeld, damit du mit dem Zug nach Walkertshofen fahren kannst." Der Großvater drückte mir großzügig ein silbernes Geldstück in die Hand.

„Zieh dein schönes Kleid an, Resi", ergänzte die Großmutter. „Musst dich heut schon fesch machen für deinen Vater, wenn er kommt. Aus Sibirien."

Sibirien sagte mir nicht viel mehr, als dass es sehr weit weg sein musste und die Winter dort eisig kalt sind. Und dass viele Menschen in Sibirien erfrieren. Das alles konnte ich den Gesprächen der Großeltern entnehmen. Gehorsam ging ich über den Berg ins Neufnachtal hinunter, um rechtzeitig den nächsten Zug nach Walkertshofen zu erreichen.

Als ich in Walkertshofen aus dem Zug stieg, sah ich eine große Menschenmenge um das Bahnhofshäuschen versammelt. Das ganze Dorf schien auf den Beinen zu sein. Auf den das Vordach stützenden Pfeilern über dem Perron hing dilettantisch verteilt eine struppige, grüne Girlande, deren viel zu langes Ende vom leichten Frühlingswind geschaukelt wurde. Ich mischte mich unter die Menge der Wartenden und hörte ihren Gesprächen zu. Keiner beachtete mich. Einige deuteten hin zu meiner Mutter, die von meinen Geschwistern umringt etwas abseitsstand. Auch sie bemerkte mich nicht.

„Der Bäuerle ist der einzige, der hier bei uns aussteigt", wusste eine Bauersfrau zu vermelden. „Die anderen Kriegsgefangenen fahren mit dem Zug weiter, wie ich gehört hab."

„Hat sie ihren Gschamsterer, den Hausierer, schon weggeschafft?", fragte eine andere hämisch lächelnd in Anspielung auf die Liebesaffäre meiner Mutter nach. „Bin schon gespannt, wie er ausschaut, der Johann. Und was er dazu sagen wird, wenn er das mit dem Hausierer erfährt."

„Die Russen schicken ja nur die Kranken und die Ausgehungerten zurück!", entgegnete die Bäuerin mit einer abwertenden Geste, ohne weiter auf die Affäre meiner Mutter einzugehen.

Ich war aufgeregt wie an meinem ersten Schultag. Mein Herz schlug hoch bis zum Hals. Irgendwie gehörte ich nicht dazu. Das fühlte ich wieder einmal ganz deutlich, gerade jetzt mitten unter all den Dorfbewohnern. Ich gehörte nicht zu meiner Familie und nicht zur Dorfgemeinde.

„Jetzt, glaub ich, hört man schon den Zug", sagte der Mann, hinter dem ich mich versteckt hielt, und deutete in die Richtung des Holzstapels, unter dem ich vor Jahren einmal beim Spielen mit anderen Mädchen des Dorfes meinen Haustürschlüssel verloren hatte. Dorles Eltern hatten mir damals beim Suchen geholfen und den Schlüssel unter den Baumstämmen auch wiedergefunden.

Tatsächlich vernahm auch ich nun ein Schnauben und Zischen, und ein schrilles Pfeifen. Wie ein schwarzes Ungetüm dampfte die Lokomotive von Links her dem Bahnhof entgegen. Zwei grüne Wagons hingen daran.

Die Menge wurde unruhig. Einige drängten einen Schritt nach vorne, reckten die Hälse und verharrten stumm, als der Zug mit einem lauten Seufzer zum Stehen kam. Keiner sprach ein Wort. Es herrschte plötzlich eine Stille wie in der Kirche bei der Heiligen Wandlung.

Eine schmale Tür gleich ganz vorne am ersten Wagon schlug zur Seite auf. Ein dürrer, ausgezehrter Mann in einer verwahrlosten graugrünen Uniform und mit zerfetzten grünen Gamaschen an den Füßen starrte auf die Menge der ihn Erwartenden hinunter. Es schien, als traute er sich nicht, den Zug zu verlassen. Gesenkten Hauptes ließ er seinen leeren Blick über die Menschenmenge schweifen. Erst als einer der Dorfbewohner rief „Hans, komm schon, du bist jetzt daheim!", hob Johann Bäuerle, wie es schien, mit letzter Kraft seine Rechte, winkte schwach wie ein alter, segnender Priester den Dorfbewohnern zu und stieg dann bedächtig, ja überaus vorsichtig, sich am Handlauf neben der Türe haltend, die Stufen des Wagons herab. Auf dem letzten Trittbrett angekommen, schien er beinahe zu stürzen. Meine Mutter kam ihm mit meinen Geschwistern entgegen, traf noch unmittelbar vor dem Wagon auf ihn und fing ihn mit ihren Armen auf. Ein Raunen ging durch die Menge.

Ich stand noch immer in einiger Entfernung wie angewurzelt auf meinem Platz, blickte gebannt auf diesen geschundenen Mann, der mein Vater sein sollte, und empfand für ihn nichts als nur tiefstes Mitleid. In diesem Augenblick tauchte das Bild des leidenden Heilands, das ich aus der Karwoche kannte, in mir auf. Ich musste weinen und wollte nur noch wegrennen.

Der schwerkranke und ausgemergelte Mann stützte sich auf meine Mutter. Sie führte ihn gefolgt von meinen Geschwistern den kurzen Weg hinauf zu unserem Hof.

„Ich weiß ned, ob der das überlebt", murmelte der Mann neben mir.

„Wäre ein Wunder!", meinte die Nachbarin, drehte sich kopfschüttelnd um, wieder ohne mich zu beachten, und machte sich auf den Weg zurück zu ihrem Hof.

Der eine oder andere, der den Weg des Johann Bäuerle säumte, gab dem Wankenden ein vorsichtiges „Grüß dich Gott" mit auf den Weg. Dann verstreute sich ohne große Worte die Menge der Wartenden zurück ins Dorf. Ich blieb allein auf dem Bahnsteig zurück und fuhr mit dem nächsten Zug wieder nach Immelstetten zu meinen Großeltern.

Mit meiner Mutter an seiner Seite übernahm Johann Bäuerle nach wochenlanger Krankheit und Pflege wieder die Führung seines primitiven, alten Höfleins. Ich hörte von meinen Großeltern, dass es mehr schlecht als recht lief. Nach einer Weile übergaben meine Eltern den Hof meinem älteren Bruder Adolf. Damit nahm die Geschichte des Hofs ein schmerzliches Ende.

Meine Mutter verkuppelte Adolf mit einer Frau, die ursprünglich aus Russland stammte. Sie arbeitet als Magd auf einem Bauernhof in Lauingen. Trotzdem hatte sie keine Ahnung von der Führung eines Haushalts, geschweige denn von der Landwirtschaft. Sie war einfach gestrickt und ziemlich einfältig. Sie schlug die Tiere, wenn sie nicht parierten, und vertrieb schließlich meine Mutter nach dem Tode ihres Mannes regelrecht vom Hof. Mutter erhielt nicht einmal das ihr zustehende Leibgeding.

Theresia, Onkel Hermann, Tante Heidi
1947

Immelstetten

Bei meinen Großeltern in Immelstetten hatte ich zwar auch nicht den Himmel auf Erden, denn auch sie gebrauchten mich vornehmlich als billige Arbeitskraft, aber ich fühlte mich bei ihnen geborgen und besser aufgehoben als auf dem elterlichen Hof. Mein Großvater legte großen Wert darauf, dass ich eine gute Schülerin wurde. Gleich nach dem Mittagessen schickte er mich in die gute Stube rüber, damit ich meine Hausaufgaben in Ruhe erledigen konnte. Bei meinen Großeltern konnte ich wenigstens all das nachholen, was ich in der Zeit von Walkertshofen, in der ich nur geschunden wurde, in der Schule versäumt hatte. Mein Abschlusszeugnis fiel dann doch sehr gut aus. Darauf war ich stolz.

Solange ich in die Schule ging, meinte die Tante Resi, die noch immer im Haushalt meiner Großeltern lebte: „Di hat ma hau miassa, wia d' koin Wärt ghät hascht. Und jetzt kascht dafür arbata!"

(Dich hat man haben müssen, als du nichts wert warst. Jetzt kannst dafür arbeiten!")

Sie setzte alles daran, dass ich nach dem Abschluss der Hauptschule mit 14 Jahren eine Ausbildung begann. Im Gegensatz zu meiner Mutter war den Immelstettern Bildung wichtig, auch für ein Mädchen. Als die in Augsburg lebende Tante, die Schwester von Johann Bäuerle, meinem Ersatzvater, keine Lehrstelle für mich fand, brachte sie mich bei Freunden unter, die in Augsburg eine Gärtnerei betrieben. Man suchte händeringend jemanden für die Putzarbeit und für die Beaufsichtigung der drei Kinder. Und da war ich wohl gerade wieder einmal die Richtige. So kam ich bei der Gärtnersfamilie als Hausmädchen in Stellung. Mit Putzen und Babysitten fühlte ich mich bei ihnen jedoch von Tag zu Tag unbehaglicher, wollte ich doch eigentlich heraus aus dem Dorf, um in der großen Stadt einen

64

richtigen Beruf zu erlernen. Bereits nach wenigen Wochen kehrte ich wieder nach Immelstetten zurück.

Man kann sich vorstellen, wie sich Tante Resi über dieses schnelle Wiedersehen freute! Und das ließ sie mich tagtäglich spüren. Bei jeder passenden Gelegenheit bekam ich von ihr den Satz „Als du klein warst, haben wir dich durchgefüttert und jetzt kannst du das abarbeiten!" zu hören. Tante Resi war ebenso sparsam wie ihre Mutter Adelheid. Trotzdem konnte man ihr nicht absprechen, dass sie eine ideale Bäuerin war. Sie liebte die Landarbeit und die Tiere auf dem Hof.

Als Wiedergutmachung für meine Aufnahme im Haus der Großeltern ließ Tante Resi mich die Kühe putzen, striegeln und, wovor ich mich ganz besonders ekelte, die Kuhschwänze waschen. Wenigstens beim Melken löste mich mein Großvater Paul mit den Worten „Mädele, geh weg! Lass mi des macha" hin und wieder ab, nachdem er meine kleinen Hände und die dünnen Gelenke betrachtet und bemerkt hatte, dass die für das Melken überhaupt nicht so recht geeignet waren. Großvater war es wichtig, dass die Kühe bis zum letzten Tropfen ausgemolken wurden. Für die Stallarbeit zog ich eine dunkelblaue Kutte über, die ganz furchtbar nach Kuhstall roch.

Um mich nach der Stallarbeit zu reinigen, musste ich mir einen Eimer mit warmem Wasser aus der Küche holen und mich im Stall in einer Ecke schnell von oben bis unten abwaschen. Eine andere Möglichkeit hatte ich nicht; denn auch in Großvaters Haus gab es kein Badezimmer. Noch bis ins hohe Alter quälten mich Albträume, ich müsse mich unbedingt waschen, finde aber keine Ecke, in die ich mich ungesehen mit meinem Wassereimer zurückziehen könnte.

Onkel Hermann, ein fescher Bursche, war für mich wie ein großer Bruder. Ich liebte ihn heiß und innig. Er wiederum hatte an mir geradezu einen Narren gefressen. Er nahm mich überall mit, setzte mich auf die Stange seines Fahrrads, nahm mich auf dem Motorrad mit nach Garmisch und öfter auch mal in den Nachbarort zu seiner Freundin. Sie war beinahe eifersüchtig auf mich.

Onkel Hermann versprach mir bei der Kornernte: „Schaffe schnell und viel, dann nehme ich dich mit zum Oktoberfest nach München!"

Das waren ja ungeahnte Aussichten! Einmal nach München zu kommen, davon träumte ich schon lange. Ich wollte alles tun, um meinen Teil der Abmachung zu erfüllen. So sammelte ich das Korn im Akkordtempo hinter ihm ein, das der große und kräftige Mann in rasender Geschwindigkeit abgemäht hatte.

Und doch kam es nicht zum Wiesn-Besuch. Weder für Onkel Hermann, noch für mich. Die Arbeit auf dem Hof hatte schließlich wie immer Vorrang. Wieder einmal war ich bitter enttäuscht.

Schulklasse in Walkertshofen 1948

Bete und arbeite

Mein Großvater Paul Seitz pflegte seine Rituale. Da er sehr fromm und gläubig war, betete er nicht nur regelmäßig in der Kirche, sondern auch zu Hause. Besonders im Winter pflegte er nach dem Abendessen die Sitzbank in der Stube hervorzuziehen, sich hinzuknien und inbrünstig mit lauter Stimme fromme Gebete, vornehmlich den Rosenkranz, zu sprechen. Jedes Familienmitglied, aber auch jeder Besucher, fand es selbstverständlich sich seiner Andacht anzuschließen.

Wenn wir im Sommer auf den Feldern arbeiteten und die Kirchenglocken vom Turm her das Zwölfuhrläuten verkündeten, stieß der Großvater seine Gabel entschlossen in die Erde, faltete die Hände und hielt inne, indem er seinen Kopf in Andacht senkte. Wir alle taten es ihm gleich, beteten mit ihm laut das Vaterunser und beschlossen die Andacht mit dem Englischen Gruß: „Der Engel des Herrn brachte Maria die Botschaft. Gegrüßet seist du Maria, voll der Gnaden …"

Auch was das Essen betraf, gab es auf Großvaters Hof feste Rituale. Das Abendessen wurde immer gemeinsam eingenommen. Für die Mahlzeit wurde eine graue, handgewebte Leinendecke auf dem Tisch ausgebreitet. Nachdem wir alle am Tisch Platz genommen hatten, stellte die Großmutter Adelheid einen großen Topf mit heißer Brotsuppe in die Mitte des Tisches. Um ihn herum waren gekochte Kartoffeln auf den Unterteller gereiht. Jeder von uns füllte sich seinen tiefen Teller mit Suppe und bekam eine Schale mit frischer Milch dazu. Wer mochte, zerdrückte die Kartoffeln auf seinem Teller und mischte die Milch darunter.

Als ich noch klein war, versuchte ich aus den Kartoffeln Landschaften, Berge und Täler mit Flüssen, zu formen, indem ich in die Mulden des Kartoffelstampfs Milch fließen ließ. Abgeschaut hatte ich mir das von Onkel Hermann. Ein wunderbares Spiel mit dem Essen, für das ich nicht einmal gerügt wurde; denn was Onkel Hermann, der Liebling meiner Großmutter, machte, war immer gut und richtig.

Als mein Großvater ein paar Ortschaften weiter für die Tante Resi endlich den passenden Mann gefunden hatte, waren meine Großeltern allein auf dem Hof und deshalb froh, dass wenigstens ich noch im Haus war. Im Herbst 1951, also mit 17 Jahren, hatte ich die spontane Idee, bei meinem Onkel, dem Bruder meines Ersatzvaters, in Freiburg im Breisgau zu arbeiten. Er führte dort die Bahnhofgaststätte. Als Hilfskraft fing ich bei ihm an, arbeitete zuerst in der Küche und dann am Büffet. Ab und zu half ich auch als Bedienung aus. Doch ich fand keine rechte Ruhe in mir. Immer wieder beschlich mich das Gefühl, dass meine Großeltern mich dringender brauchten als der Onkel in Freiburg. Und so ging ich schon nach einem halben Jahr wieder zu meinen Großeltern nach Immelstetten zurück. Dort verdiente ich natürlich keine müde Mark, ich erhielt nicht einmal ein Taschengeld. Ich musste froh sein, wenn Großvater mir gelegentlich wenigstens ein paar Pfennige zusteckte. Meine Arbeit wurde als selbstverständlich angenommen.

Durch die viele Arbeit auf dem Hof blieb für mich selbst nur wenig freie Zeit. Viele Möglichkeiten auszugehen hatte ich nicht. Bei uns in Immelstetten gab es nur einen Verein, den Schützenverein. Gern wäre ich Mitglied in diesem Verein geworden, aber das war für mich offiziell nicht möglich, weil ich die erforderlichen Beitragszahlungen nicht aufbringen konnte. Ich verdiente ja nichts.

Aber meine Freundin Zenta nahm mich mit zu den Vereinstreffen. Sie war die Tochter eines Großbauern und des Vorsitzenden des Schützenvereins und selbst schon Schützenkönigin. Sie und ihre Freunde brachten mir das Schießen bei. Wir schossen mit Gewehren auf Zehnerscheiben. Bald schon gehörte ich zu den besten Schützen und obwohl ich gar kein offizielles Mitglied im Schützenverein war, gelang es mir dennoch auf dem großen Schützenfest die Goldene Nadel zu schießen. Diese aber durfte mir nicht ausgehändigt werden. Ich sei kein offizielles Mitglied und bezahle keinen Beitrag, war die Begründung. Wie sehr war ich doch wieder einmal enttäuscht!

Weitere, wenn auch seltene Vergnügungen waren im Sommer die Tanzveranstaltungen beim Storchenwirt. Alt und Jung und vor allem meine Freundinnen Irmi, die Tochter des Wirts, und Zenta waren dort immer anzutreffen. Meine Großmutter hatte es nicht gerne, wenn ich mit ihnen auf den Tanzboden ging. Sie befürchtete, ich würde es meiner Mutter gleichtun und ein uneheliches Kind nach Hause bringen.

War Tanz angesagt, schlich ich mich heimlich aus dem Haus, wenn die Großeltern schon im Bett lagen. Sie gingen in der Regel schon sehr früh schlafen. Da ich noch keine achtzehn Jahre alt war, durfte ich mich nicht länger als bis zehn Uhr abends im Wirtshaus aufhalten. Das wusste ich zunächst nicht und wunderte mich auf einem Kirchweihtanz, dass meine gleichaltrigen Freundinnen plötzlich wie auf Kommando alle verschwunden waren. Sie hatten die zwei Polizisten gesehen, die von außen durch das Fenster lugten, um zu erkunden, ob eventuell noch minderjährige Jugendliche drinnen tanzten. Sie gewahrten mich auf der Tanzfläche bei einer Polka und wussten sofort, was zu tun sei. Da ich mich nicht ausweisen konnte, wurden mein Name, mein Geburtsdatum und meine Adresse aufgeschrieben. Wie sehr schämte ich mich, als mein Großvater einige Tage später eine Nachricht von der Polizei erhielt, in dem man ihm mitteilte, ich solle in den nächsten Tagen bei der Polizeistation in Türkheim persönlich erscheinen.

Grinsend und mit einem Augenzwinkern belehrte mich der Polizeibeamte in Türkheim, vor dem ich klopfenden Herzens stand, welche Paragrafen des Jugendschutzgesetzes für mich

Gültigkeit hatten, und wünschte, mich nach zehn Uhr abends nicht mehr auf der Tanzfläche zu sehen.

Ziemlich zerknirscht kehrte ich nach Immelstetten zurück. Mein Großvater schimpfte mich nicht einmal. Und ich bin mir ziemlich sicher, dass er es jedes Mal mitbekam, wenn ich mich bei Dunkelheit davonschlich, um zum Tanzen zu gehen.

Dass ich hübsch war und den Burschen im Dorf durchaus gefiel, merkte ich an ihren begehrlichen Blicken. Aber ich hatte immer das Gefühl, es wäre besser für mich, von den Burschen und Männern Abstand zu halten. Auf keinen Fall wollte ich ein lediges Kind bekommen. Diese Schande hätte ich nicht überlebt. Das war wohl meine größte Sorge. Deshalb verhielt ich mich Männern gegenüber ziemlich distanziert, ja sogar abweisend.

Theresia im Bahnhofkiosk in Freiburg
1952

Freud und Leid

Wieder einmal gab es in Immelstetten beim Storchenwirt eine Tanzveranstaltung. Mit einer richtigen Musikkapelle, wie es damals üblich war. An einem Sonntag, kurz vor meinem 18. Geburtstag. Es war ein lauer Sommerabend. Meine Freundinnen Zenta und Irmi hatten lange vorher schon angekündigt, an dieser Tanzveranstaltung teilzunehmen. Zenta wollte mit ihrem Freund Willi kommen und Irmi mit dessen Bruder Hans. Willi, Hans und Günter waren die Söhne eines Flüchtlingsehepaars, das bei uns im Dorf den Bäckerladen übernommen hatte. Die Brüder sahen gut aus, hatten aber den Ruf weg, alle Mädchen, die nicht auf drei auf dem Baum waren, aufs Kreuz zu legen.

Wie üblich plante ich, mich auch an diesem Abend aus dem Haus zu stehlen, ohne dass meine Großeltern es bemerkten, wie ich hoffte. Natürlich erst nach getaner Arbeit. Arbeit kommt vor dem Vergnügen! Eine eiserne Regel. Und Tanzen galt überdies bei frommen Christenmenschen als ein sündhaftes Vergnügen, bei dem man nur auf dumme Gedanken kommen konnte. Fürchtete doch meine Großmutter, ich könnte bei einem dieser Tanzvergnügen geschwängert werden.

Als ich alle Arbeiten, die mir im Haus und im Hof auferlegt waren, erledigt hatte, begab ich mich in den Stall, um mich dort von Kopf bis Fuß zu waschen, zog mein schönstes Kleid über und stahl mich heimlich vom Hof, ohne dass meine Großeltern es bemerkten. Die lagen bereits im Bett. Meist zogen sie sich schon um acht Uhr Abend zurück.

Ein wenig plagte mich auf dem Weg zum Storchenwirt mein schlechtes Gewissen ob meines unerlaubten Verschwindens. Das aber legte sich schnell, als ich das Wirtshaus betrat und dort meine Freundinnen und ihre Freunde antraf. Mit einem Hallo empfingen sie mich. Ganz besonders erfreut über mein Kommen schien Willi, Zentas fester Freund, zu sein. Auf die Sitzfläche des freien Stuhls neben ihm klopfend gab er mir zu verstehen, ich solle mich zu ihm setzen. Es war gleichsam ein Befehl.

„Schön, dass Du kommst! Da hab ich gleich zwei Bräute zum Tanzen", meinte er selbstbewusst. Willi und seine Brüder sprachen nicht unseren Allgäuer Dialekt.

„Dass es dir nur nicht zu viel wird", scherzte ich.

„Auf geht`s, Resi!" Willi zog mich ohne weitere Worte hoch und nahm mich mit auf die Tanzfläche. Und schon waren wir mitten unter den tanzenden Burschen und Mädeln. Zenta schien das nicht weiter zu stören. Meine anfängliche Zurückhaltung verflog mit jeder Drehung.

„Du gefällst mir!", flüsterte mir Willi ins Ohr und drückte mich fester an sich. Das war mir nicht recht, weil er doch der Freund von der Zenta war. Aber irgendwie genoss ich doch den Tanz, die Bewegung, die Leichtigkeit, vielleicht auch Willis feste Arme, die mich hielten. Er holte mich immer wieder, tanzte zwischendurch aber auch mit Irmi und Zenta, seiner Braut.

Viel zu schnell verging die Zeit. Zenta musste schon bald mit ihrem Vater, dem Vorsitzenden des Schützenvereins, nach Hause gehen und auch Irmi wurde von ihrem Vater, dem Wirt, nach oben in ihr Zimmer geschickt. Nun war ich Willis Tanzpartnerin.

Mein schlechtes Gewissen, den Großeltern nicht Bescheid gegeben zu haben, und die Erinnerung an Konfrontation mit dem Jugendschutzgesetz bei einer der früheren Tanzveranstaltungen plagten mich erneut. Ich musste mich auf den Weg nach Hause machen. Und zwar schnellstens.

„Schad, Resi, dass du schon gehst!", meinte der Willi. „War doch schön! Oder? Kommst 's nächste Mal wieder zum Tanz?"

Willi war plötzlich verschwunden. Ich nutzte seine Abwesenheit, um das Wirtshaus zu verlassen. Draußen war es mittlerweile stockdunkel geworden. Nicht einmal der Mond wollte mich auf dem Heimweg begleiten. So spät war ich noch nie unterwegs gewesen. Ich hatte ja bereits mal wieder die laut Jugendschutzgesetz erlaubte Zeit gehörig überschritten.

Ich lauschte in die Dunkelheit hinein. Ein leichter Wind strich durch die Blätter der Bäume und Büsche, die den Weg säumten. Hie und da glaubte ich das Knacken von Ästen zu vernehmen. Oder waren es Schritte, die mir folgten? Ich bekam Angst. Plötzlich legte sich eine Hand schwer auf meine Schulter und zog mich mit einem Ruck zur Seite.

„Wirst doch wohl nicht allein den dunklen Weg gehen wollen!" Willi grinste mir ins Gesicht. „Ein so schönes Mädchen wie dich darf man doch nicht allein heimgehen lassen!"

Ich erstarrte vor Schreck. Willi hatte eine Alkoholfahne, die ich jetzt erst in der frischen Luft bemerkte. Er hatte in den Tanzpausen reichlich Bier und Schnaps zu sich genommen, angefeuert von seinen Freunden.

„Geh, sei ein bisschen nett zu mir!", forderte er mich auf und drückte mich so heftig an seinen kräftigen Körper, dass es mir weh tat.

Unfähig mich zu bewegen fühlte ich seine Umklammerung. Ich war ihm wehrlos und hilflos ausgeliefert, als er mir gewaltsam seine Zunge in den Mund schob. Was wird Zenta dazu sagen, war meine erste und größte Sorge. Die arme Zenta, wenn sie es erfährt! Um mich herum begann sich alles zu drehen. Willi bog mich nach hinten, drängte mich hinter das Gebüsch in die Wiese und warf mich unsanft zu Boden. Er schob mein Kleid nach oben und drang sofort brutal in mich ein. Meine Schreie erdrückte er mit seiner derben Hand, die er fest über meinen Mund legte. Ich vergaß Zeit und Raum. Als ich wieder zu mir kam, war Willi verschwunden. Um Hilfe zu rufen, wäre sinnlos gewesen; denn niemand hätte mich in dieser Nacht gehört. Hoffentlich hat er mir kein Kind gemacht! Diese Schande! Ich könnte sie nicht ertragen!

Aus der Ferne hörte ich die Musik, die noch immer im Wirtshaus aufspielte. Sie klang wie Spott und Hohn in meinen Ohren. Ich schleppte mich nach Hause, fühlte mich zutiefst verletzt, besudelt, entweiht. Ist das die Liebe zwischen Mann und Frau, das große, unaussprechliche Geheimnis?

Keinem Menschen erzählte ich von meiner ersten so schmerzhaften Erfahrung mit einem Mann. Nicht einmal meinen besten und vertrautesten Freundinnen Zenta und Irmi, und schon gar nicht meinen Großeltern. Die nächsten Wochen lebte ich in der Angst, ein Kind zu bekommen. Gott sei Dank aber war ich nicht geschwängert worden.

Das gleiche sollte sich wenige Monate später wiederholen, als der Sohn eines Großbauern, den ich einmal hatte abblitzen lassen, mich auf dem Heimweg überfiel. Wir Mädchen waren für so einige Burschen im Dorf Freiwild. Insofern war die Angst der Großmutter nicht unberechtigt.

Immer wieder erhielt ich auch wirklich ernst gemeinte Anträge von Söhnen aus reichen, angesehenen Familien der umliegenden Dörfer, die ich allerdings allesamt ablehnte. Aber nicht nur die bittere Erfahrung in jener Nacht waren der Grund, dass ich auf die Anträge meiner Verehrer nicht weiter einging, sondern vor allem auch weil ich anstrebte, das Allgäu möglichst bald schon zu verlassen, um in die Stadt zu gehen, um nachzuholen, was ich an Bildung versäumt hatte. Mich beherrschte das Gefühl, den Ansprüchen der Männer gerade wegen meiner geringen Schulbildung und meiner erbärmlichen Herkunft nicht gerecht zu werden.

Theresia 1952

Ein neuer Weg

Es war mir gelungen, meinen Großeltern die Erlaubnis abzuringen als Waldarbeiterin im Frühjahr und im Herbst im Forst von Fürst Fugger etwas Geld zu verdienen. Zusammen mit einer Gruppe von Frauen und Männern wurde ich als Hilfskraft bei der Waldarbeit eingesetzt. Die Männer hoben Löcher aus, wir Frauen setzten die Jungtannen ein. Akkordarbeit. Was ich verdiente, durfte ich allerdings nicht für mich behalten. Hiervon sollte meine Aussteuer finanziert werden. Eine Nähmaschine, Bettwäsche und viele andere Dinge, alles Zeug, das ich später im Leben gar nicht brauchte.

Valentin Holzner, ein junger fescher Förster aus Moosburg, so um die 30 Jahre alt, arbeitete damals aushilfsweise im fürstlichen Forst als Aufseher. Am Ende der Saison gab er für alle Helferinnen und Waldarbeiter eine kleine Abschiedsfeier, auf der wir uns gut unterhielten. Mehr als überrascht war ich, als mir Valentin wenige Tage später einen Brief schickte, in dem er schrieb, ich hätte ihm so gut gefallen, dass er mich unbedingt wiedersehen wolle. Außerdem offenbarte er, ernsthaft auf der Suche nach einer Frau fürs Leben zu sein.

Nachdem ich den Brief meinem Großvater gezeigt hatte und er offensichtlich erfreut darüber schien, antwortete ich per Brief meinem Verehrer und lud ihn im Namen meiner Großeltern offiziell zu einem Besuch bei uns ein.

Mein Großvater Paul empfing Valentin Holzner, den Schwiegersohn in Spe, geradezu herzlich und bat ihn sogar, über Nacht zu bleiben. Eine ungewöhnliche Geste; denn unverheirateten Paaren eine Übernachtung unter einem Dach zu gewähren, galt laut § 180 des Strafgesetzbuchs, dem sogenannten Kuppelparagrafen, als eine Straftat. Aber so hatte der schlaue Paul Seitz, mein Großvater, schon einmal meine Mutter an den

Johann Bäuerle erfolgreich verkuppelt. Ich war glücklich; denn ich mochte meinen Valentin sehr. Ich hatte das Gefühl, dass auch meine Großeltern ihn sehr gern hatten und sich freuten, als wir uns nur wenig später verlobten. Von diesem Zeitpunkt an fühlten sich meine Großeltern von der Sorge um meine Zukunft befreit; denn nun würde ja mein Zukünftiger die Verantwortung für mich übernehmen.

Als Förster in den Wäldern des Grafen von La Rosée nahm mich Valentin hin und wieder mit auf die Jagd. Ich durfte sogar mit seinem Gewehr schießen, aber nur in den Waldboden, nicht auf Tiere. Dass ich die goldene Nadel beim Schützenfest in Immelstetten geschossen hatte, imponierte meinem Verlobten. So ließ er mir, als er das Prachtexemplar eines Hirschen erlegt hatte, aus dem Grandl, einem Eckzahn des Tieres, beim Juwelier einen Verlobungsring für mich anfertigen. Ich konnte mein Glück kaum fassen, einen so wunderbaren Mann an meiner Seite zu wissen.

Wenige Wochen nach dem Antrittsbesuch bei meinen Großeltern machten mein Verlobter und ich einen Ausflug zum Starnberger See. Jung und verliebt saßen wir am Strand im Café Undosabad und schmiedeten Zukunftspläne. Ich genoss Valentins liebevolle Blicke, die er mir reichlich schenkte. Ich mochte die Art, wie er meine Hand hielt und zärtlich streichelte. Ich liebte ihn als Mann und schätzte seine Beherrschtheit. Ich bewunderte seine Geduld und seine Zielstrebigkeit. Ich war zum ersten Mal im Leben so richtig verliebt und glücklich mit einem Mann.

Zunächst aber brauchte ich eine Anstellung und Geld für eine eigene Unterkunft. Dazu besorgten wir uns die neueste Ausgabe der Süddeutschen Zeitung. Hoffnungsvoll studierten wir gemeinsam die Stellenanzeigen und schon bald stach uns eine interessante und für mich passende Anzeige ins Auge. Valentin war sich durchaus bewusst, dass ich bislang keine Ausbildung genossen hatte. Gesucht wurde eine Hilfskraft für ein Café am Hauptbahnhof in München. Das schien fürs Erste die Lösung zu sein. Wir zögerten nicht lange und machten uns gemeinsam auf den Weg in die Landeshauptstadt, damit ich mich so schnell wie möglich vorstellen konnte, noch bevor die Stelle anderweitig besetzt werden konnte.

Mit der Eisenbahn fuhren wir nach München. Ziel war das Café Popp. Die Chefin des Cafés, bei der ich mich in Begleitung von Valentin vorstellte, war sichtlich erfreut, eine anscheinend fleißige und zugleich fesche Arbeitskraft zu bekommen und sicherte mir auf der Stelle den Arbeitsplatz zu. Glücklich umarmte mich mein Valentin, drückte mich herzhaft und gab mir einen kräftigen Kuss, ehe er sich von mir verabschiedete, um nach Schloss Isareck zurückzufahren.

Schon eine Woche später konnte ich meinen neuen Dienst in München antreten. Obwohl ich mich freute, endlich eine Arbeitsstelle in München gefunden zu haben, fiel mir der Abschied von Immelstetten schwer. Als ich auf dem Weg zum Bahnhof oben auf dem Berg bei der Pieta-Kapelle stand und auf mein geliebtes Immelstetten herabblickte, konnte ich die Tränen nicht mehr zurückhalten.

1953, mit 18 Jahren also, ging ich hinaus in die für mich so große, weite Welt. Nach München führte mich mein Weg. Ohne einen Beruf erlernt zu haben, ohne einen Pfennig in der Tasche. Einzig und allein beseelt von dem innigen Wunsch, endlich zu arbeiten, zu lernen, selbst Geld zu verdienen und zu sparen. Ich wollte alles schaffen, was ich mir vorgenommen hatte, und mir vor allem nachträglich die Bildung aneignen, die ich bisher notgedrungen versäumt hatte. Mit offenen Augen und Ohren und offenem Sinn wollte ich durchs Leben gehen und lernen, lernen, lernen, um all das Versäumte nachzuholen.

Im Café Popp arbeiteten insgesamt zehn Konditoren, von denen sich drei noch in der Lehre befanden, und der Ehemann der Besitzerin. Frau Popp stammte aus Niederbayern. Sie war eine resolute und äußerst geizige Dienstherrin. Ihre Sparsamkeit drückte sich auch in den mehr als spartanisch ausgestatteten Unterkünften für die Angestellten aus, die in der Nähe des Sendlinger Tors lagen. Aber auch bei der Verpflegung ihrer Angestellten wusste sie zu sparen. Es gab viel Mehlspeisen und statt Schnitzel gekochte und panierte Kuheuter.

Ich bekam ein winziges, allerdings möbliertes Zimmer, das ich mit der Büfettkraft und der Putzfrau teilen musste. Das erste Jahr wurde ich als Mädchen für alles eingesetzt, Dazu gehörte das Kochen für die Konditoren und die Hilfe am Büffet. Für nur 70 DM Monatslohn fühlte ich mich dabei ziemlich ausgenutzt.

Da ich auf Dauer nicht nur für Hilfsarbeiten gut sein wollte, strebte ich an, eine richtige Ausbildung zu machen. Um diesem Wunsch in die Tat umzusetzen, belegte ich zunächst einmal abends einen Kurs bei einer privaten Hotelfachschule. Ein wichtiger erster Schritt in meinem Leben!

Bruch

Meinen geliebten Valentin sah ich nun, wenn überhaupt, nur noch an wenigen Wochenenden. Ich vermisste ihn sehr. Und er machte mich glauben, dass auch er mich vermisste. Dazu kam, dass Valentin immer öfter an den Wochenenden von seinem neuen Dienstherrn, dem Grafen von La Rosée, auf Schloss Isareck gebraucht wurde und ich keine Zeit fand, zu ihm zu fahren, da ich wiederum von meiner Chefin an so manchem Samstag und Sonntag zum Dienst im Café eingeteilt wurde. So war ich froh, als ich meine Arbeit in München aufgeben konnte, weil ich etwas, wie ich glaubte, Besseres im schönen Café Fech in Freising gefunden hatte. Meine neue Stelle beinhaltete nun auch, meinem Wunsch und Ziel entsprechend, den Verkauf und den Service. Ich verdiente mehr Geld als zuvor in München und fühlte mich dort insgesamt recht wohl. Außerdem war die Entfernung zu meinem Verlobten nicht mehr so weit.

Obwohl mein zukünftiger Ehemann sehr gut aussah, mich begehrte und mir ausgesprochen zugetan war, spürte ich nicht so sehr den Drang schon recht bald zu heiraten. Im Gegenteil, ich war voller Hemmungen und Ängste aufgrund meiner Unerfahrenheit, vor allem gegenüber seinen zu erwartenden, ja von mir befürchteten erotischen Ansprüchen.

Valentin arbeitete zuverlässig und fleißig als Förster auf dem Schlossgut Isareck des Grafen von La Rosée. Es gab dort eine Angestellte, ein Fräulein Gitta, das nicht so zurückhaltend war wie ich. Im Gegenteil! Sie schien ihm offenbar schöne Augen zu machen und ihm damit den Kopf zu verdrehen. Sie war zu weitaus mehr bereit gewesen, als ich es war. Bald schon wurde sie schwanger und erwartete nun von meinem Valentin, dass er, der Vater ihres zukünftigen Kindes, sie heiraten würde. Doch

Valentin fühlte sich an seine Verlobung mit mir gebunden. Eine schwierige Situation für alle Beteiligten!

Eines Tages wurde ich von Valentin zu einer Aussprache auf Schloss Isareck nach Moosburg eingeladen. Zu dritt, mein Verlobter, seine schwangere Freundin Gitta und ich, saßen wir im großen Saal des Schlosses an einem langen Holztisch aus französischer Eiche. Ich musterte Valentins Geliebte, soweit mir dies gelang, unauffällig, wagte kaum, sie anzusehen. Mein Herz wurde schwer bei der nicht ausgesprochenen Frage nach dem Warum. Auch Gitta wich meinen Blicken aus. Valentin saß aufrecht zwischen uns und bekräftigte noch einmal, dass er weiter zu unserer Verlobung stehe. Allerdings müsse ich Verständnis dafür haben und mich damit abfinden, dass er sich nun auch für das ledige Kind, sein Kind, verantwortlich fühle. Wie sollte ich darauf reagieren? Ich fühlte mich als Verliererin und verließ schweigend den Raum und das Schloss.

Letztendlich wurde mir die Entscheidung von Valentins Dienstherren, dem Ehepaar von La Rosée, abgenommen. Nachdem Gitta mit Selbstmord gedroht hatte, setzten sie sich für das schwangere Mädchen ein und Valentin sozusagen die Pistole auf die Brust.

Sie boten genau zwei Möglichkeiten, entweder das Fräulein Gitta unverzüglich zu heiraten oder den Dienst ebenso unverzüglich zu quittieren. So unter Druck gesetzt konnte sich mein Valentin nur noch mit Bedauern bei mir entschuldigen und sich von mir verabschieden. Unsere Verlobung lösten wir im gegenseitigen Einvernehmen auf.

Meine erste große und echte Liebe war zerbrochen. Ich war todunglücklich, fühlte mich bitter enttäuscht und gekränkt. Alle Hoffnungen und Pläne waren mit einem Mal zerbrochen. Wie sollte das Leben nun weitergehen?

Wieder blieb ich allein zurück, ohne Halt und ohne das Gefühl von Geborgenheit, ohne einen vertrauten Menschen an meiner Seite. In meiner Verzweiflung und Ausweglosigkeit zog ich mich in meine Kammer zurück, legte mich aufs Bett, schluckte ein ganzes Röhrchen Schlaftabletten und trank dazu eine Flasche Cognac bis zum letzten Tropfen aus. Es sollte dies der Abschied von der für mich so grausamen Welt werden.

Doch ich wachte wieder auf, benebelt zwar und mit einem schweren Kopf. Gott, das Schicksal, mein Schutzengel, wer auch immer, wollte mich noch nicht aus dieser Welt entlassen. Das Leben ging weiter. Und das war gut so! Denn für mich war vorgesehen, einen ganz anderen, neuen Lebensweg einzuschlagen.

Theresia und Schachmeister Wolfgang Unzicker
1956

Ein Neubeginn

Auf mich allein gestellt erwachte in mir nun erneut ein Wissensdurst, geradezu ein Brennen danach, alles nachzuholen, was mir an Bildung in der Kindheit versagt geblieben war und mir von zu Hause nicht gewährt wurde. Ich wollte und musste mich weiterentwickeln. Also besuchte ich neben der Arbeit von 1955 bis 1959 die Berlitz-Sprachenschule, um Englisch zu lernen.

Ich hatte auch einen neuen Lebenstraum: Ich wollte Stewardess werden. Stewardess bei der Lufthansa. Allein der Gedanke, hoch über der Erde zu schweben, die Welt zu bereisen, interessante Menschen kennenzulernen, und das schöne blaue Lufthansa-Kostüm mit dem kessen Käppchen spornten mich zu Höchstleistungen an, um diesen Traum Wirklichkeit werden zu lassen. Ich war bereit, Tag und Nacht zu arbeiten und zu lernen. So arbeitete ich tagsüber und ging abends in die Schule oder umgekehrt. Außerdem sparte ich eisern jeden übrigen Pfennig für meine Zukunft.

Nach meiner bitteren Enttäuschung und der geplatzten Verlobung ging ich wieder zurück nach München, um dort zu arbeiten. Zunächst für vier Wochen als Aushilfe in einer Schießstätte. Dann fand ich eine Anstellung als Bedienung am Sendlinger Tor in einer netten, kleinen Weinstube. Ich bediente dort ganz allein. Eine ältere Dame und ihre Tochter waren die Besitzerinnen. Sie mochten mich, schenkten mir ihr Vertrauen und brachten mir sogar bei, selbständig die tägliche Abrechnung für sie zu machen. Sie wiesen mich außerdem in die Geheimnisse ihrer Buchführung ein, geduldig und so lange, bis ich auch diese beherrschte. Doch dann lief der Pachtvertrag für die Weinstube aus. Der Vertrag wurde nicht mehr verlängert. Das Lokal musste geschlossen werden.

Für ein halbes Jahr bediente ich danach im „Perusa Espresso" in der Theatinerstraße. Dorthin kamen mittags die Geschäftsleute aus der Umgebung, nahmen eine Kleinigkeit zu sich oder tranken Kaffee. Ein Bankdirektor, der Stammgast bei uns war, riet mir 1954, mich bei seinem Freund, einem gewissen Herrn Schmutzer, dem Pächter der Ratskeller Weinstuben, zu bewerben, da ich seiner Meinung nach für den Job im „Perusa Espresso" eigentlich viel zu schade wäre.

Meine Bewerbung bei Herrn Schmutzer war ein Volltreffer. Er stellte mich auf der Stelle ein. Bereits bei der Eröffnung der Fränkischen Weinstuben war ich als Serviererin mit dabei. Das Lokal war gerammelt voll. Die acht Bedienungen hatten im wahrsten Sinne des Wortes alle Hände voll zu tun. Wir waren alle restlos ausgelastet. Ich erzielte fast täglich den höchsten Umsatz. Das tat meinem Selbstbewusstsein gut und machte mich sogar ein wenig stolz.

Ich war bei unseren Gästen sehr beliebt, erhielt entsprechenden Lohn und bekam auch immer ein gutes Trinkgeld, das ich weiterhin eisern sparte. Viele Besucher fragten schon beim Betreten des Lokals „Wo bedient denn heute das Fräulein Thea?" und suchten einen Tisch bei mir. Thea war mein neuer Name, mit dem ich gleichsam ein neues Leben begann. Zum ersten Mal im Leben erfuhr ich so etwas wie Wertschätzung. Durfte ich wirklich einmal glücklich sein? Oder musste ich bereits wieder den Neid der Götter fürchten?

Da ich mich bemühte, hochdeutsch zu sprechen, weil ich mich meiner Herkunft und meines Allgäuer Dialekts schämte, hielten mich einige Gäste wegen meines künstlichen Akzents, aber auch wegen meines Aussehens, für eine Ungarin. Als ich nachweisen konnte, dass ich aus dem Allgäu stammte und Allgäu zu Bayern gehört, gewann ich eine Wette und damit fünfzig Mark.

Meine Arbeit brachte es mit sich, dass ich im Ratskeller viele interessante Leute kennenlernte. So kam es auch, dass ich eines Tages von Gästen quasi vom Fleck weg als Fotomodell entdeckt wurde.

Fräulein Tosca 1957

Die Geburt von Fräulein Tosca

Das Ehepaar Hutter zählte zu unseren Stammgästen in der Weinstube. Wenn möglich, versuchten sie immer einen Tisch in meinem Servierbereich zu bekommen. Sie mochten mich anscheinend. Die Hutters, beide so um die fünfzig Jahre, betrieben ein Fotoatelier ganz in der Nähe, an der Ecke Maffei-Theatinerstraße. Herr Hutter arbeitete als Mode- und Werbefotograf. Seine Frau war immer an seiner Seite und unterstützte ihn bei seiner Arbeit. Die Hutters machten in erster Linie Aufnahmen für große und berühmte Marken und Firmen wie 4711, Henkel und Nivea.

Es war Frau Hutter, die immer wieder einmal beim Abschied ihren Zeigefinger erhob und damit wackelnd bemerkte: „Fräulein Thea, Sie sind eine wunderschöne junge Frau." Ich errötete ein jedes Mal, wenn sie das sagte. Herr Hutter stimmte kopfnickend mit einem gütigen Lächeln dem Kompliment seiner Frau zu.

Es war im Mai 1957, da bediente ich wieder einmal Herrn und Frau Hutter. So um die Mittagszeit. Diesmal waren sie aber später dran als üblich. Noch ehe sie ihre Bestellung aufgaben, winkte mich Frau Hutter mit dem Zeigefinger, diesmal lockend, nahe zu sich, um mir ins Ohr zu flüstern, sie hätten etwas Wichtiges mit mir zu besprechen. Ob ich nach dem Essen etwas Zeit für sie hätte?

Mir wurde ganz mulmig dabei; denn ich konnte mir nicht vorstellen, was die Hutters von mir wollten. Hatte ich das letzte Mal, als ich sie bediente, etwas falsch gemacht oder etwas Falsches gesagt? Waren sie unzufrieden mit mir? Meine immer wiederkehrende Unsicherheit ließ mich nichts Gutes erahnen.

Nach dem Essen bestellten die Hutters noch eine Tasse Kaffee für jeden, wie sie es sonst mittags auch taten. Ob sie bemerkten, dass ich zitterte und den Kaffee beinahe verschüttete?

„Fräulein Thea", setzte Herr Hutter an, machte mit dem Mund flüchtig eine Schnute und räusperte sich etwas, ehe er die entscheidende Frage stellte: „Haben Sie schon einmal darüber nachgedacht, als Fotomodell zu arbeiten?"

„Sie sind ja eine wirklich schöne, attraktive junge Frau", ergänzte Frau Hutter die Frage ihres Mannes, als wollte sie mir mit diesen Worten Mut machen, ernsthaft darüber nachzudenken. „Setzen Sie sich doch bitte mal kurz zu uns!"

Alles hatte ich erwartet, nur das nicht. Fotomodell? Ich, das Mauerblümchen, der Bankert, die Ungebildete. Ich berühmt, von allen betrachtet, vielleicht sogar bewundert und beachtet? Sündhaft! Was würden meine Großeltern dazu sagen? Was meine Mutter? Das kann ich doch nicht! Ich war verwirrt. Jeder Gedanke, der mir in diesem Moment in den Kopf schoss, war deplatziert und vor allem entmutigend.

„Nehmen Sie doch bitte Platz, Fräulein Thea!", wiederholte Herr Hutter und zeigte auf den leeren Stuhl zwischen den beiden.

Es war nicht üblich, dass eine Bedienung sich zu den Gästen setzte. Obwohl die meisten Mittagsgäste schon längst gegangen waren, machte ich mir Gedanken, was mein Chef dazu sahen würde? Ich ließ mich schüchtern auf den mir angeboten Platz nieder und schaute dabei unsicher um mich.

„Herr Schmutzer weiß Bescheid, dass wir heute mit Ihnen reden", versuchte Herr Hutter mich zu beruhigen und legte dabei seine Hand sanft auf meinen Arm. Dann setzte er fort: „Wir haben einige wichtige Werbeaufträge bekommen. Von 4711, von Nivea und von Henkel. Meine Frau und ich finden, Sie wären für diese Marken das passende Gesicht. Darin waren wir uns sofort einig. Gell, Magda!" Er schaute dabei Zustimmung erheischend zu seiner Frau.

Und die wiederum meinte: „Ohne jeden Zweifel, Manfred!"

„Aber ich weiß gar nicht, was man da machen muss", entgegnete ich besorgt und mir sicher, dafür alles andere als geeignet zu sein.

„Keine Angst! Ich werde Ihnen zur Seite stehen", versicherte mir Frau Hutter. „Das kann man alles lernen."

Was die beiden Hutters sonst noch alles sagten, konnte ich gar nicht mehr richtig aufnehmen und einordnen, so aufgeregt war ich. Berühmt werden. Gute Bezahlung. Die Chance, vielleicht sogar einen reichen Mann zu finden. Ich solle darüber nachdenken und mich bei ihnen bald melden.

Und dann tat ich etwas, was ich mir vorher nie zugetraut hätte. Als die beiden bezahlt hatten und gerade dabei waren sich zu verabschieden, sagte ich einer inneren Stimme folgend laut und deutlich: „Ich mach es!"

Und schon wenige Tage später stand ich im Fotoatelier der Hutters, Ecke Maffeei-Theatinerstraße. Mein Herz klopfte wie wild. Ich bereute bereits meine Courage, die mich hierhergebracht hatte, als Herr Hutter mir sagte, wir würden heute Aufnahmen für die Marke 4711 machen. Es ginge darum, einen neuen Lippenstift an die Frau zu bringen.

4711 klang geradezu berauschend in meinen Ohren. 4711 war die Marke, unter dem das von Frauen begehrte Eau de Cologne vertrieben wurde. 4711 Echt Kölnisch Wasser lag als Präsent unter dem Weihnachtsbaum feiner Leute. 4711 war ein Hauch von der großen, weiten Welt, die ich bis dahin nicht kannte. Und für diese Marke sollte nun gerade ich, das Mädchen vom Land, das unerwünschte Kind, der Bankert, mit einem strahlenden Lächeln einen Lippenstift präsentieren.

Oh Gott, dachte ich mir, ich habe ja gar kein passendes Kleid dazu angezogen! Ich war nur schnell in die weiße Bluse und in den kurzen, beigen Rock geschlüpft. Die Bluse hatte ich wenigstens vorher noch aufgebügelt. Und meine Haare! Ich hätte vielleicht vorher zum Friseur gehen sollen!

Aber all das war kein Problem. Frau Hutter kümmerte sich liebevoll um meine Haarpracht, lockerte sie mit Kamm und Fön auf, und Herr Hutter meinte, das Wichtigste sei für 4711 heute mein Kopf, nicht aber was ich angezogen hätte.

Nun stand ich vor einer weißen Wand, auf der in Kopfhöhe ein dunkles Tuch angetackert war, und schaute unbeholfen in eine große schwarze Kamera.

Herr Hutter gab mir klare Anweisungen. „Schau mal nach rechts! Jetzt mehr nach links! Gut! Den Kopf etwas anheben! Lächle etwas! Lächeln bitte! Ja, gut so! Kannst Du auch etwas verwegen dreinblicken? Hm, nicht schlecht! Gut sogar, sehr gut!"

Frau Hutter nickte zustimmend. Und Herr Hutter hörte nicht auf, mich begeisternd und selbst begeistert in alle möglichen Posen zu dirigieren.

Meine Gage für diesen ersten Auftritt als Fotomodell erhielt ich umgehend. Fünfzig Mark in bar.

Ich ging weiterhin meiner Beschäftigung als Bedienung nach, nahm Bestellungen entgegen, trug das Essen auf und räumte die Tische ab. Die Fotosession hatte ich schon fast vergessen. Da kamen eines Tages altbekannte Gäste, für die ich längst auch das Fräulein Thea war und begrüßen mich mit „Hallo, Fräulein Tosca". Wie kamen sie nur dazu, mich Tosca zu nennen?

„Schön san 'S troffen auf dem Buidl, Fräulein Tosca. Hab gar ned g'wusst, dass Sie auch ein Fotomodell sind", strahlte ein älterer Herr und wedelte mir mit einer Illustrierten entgegen. „Da schaun 'S! A ganze Seitn nur mit Eana!" Er schlug das Blatt auf und legte es breit auf den Tisch. Und da war ich zu sehen, eigentlich nur mein Kopf, groß über dem Text „Tosca Lippenstift – die gelungene Überraschung!".

Mein Einsatz als Tosca-Fräulein machte unter den Gästen rasch die Runde. Und seither war ich nicht mehr das Fräulein Thea, sondern das Fräulein Tosca für sie. Und alle waren sie stolz, mich zu kennen.

Mein Gesicht war nun überall zu sehen, groß auf jeder Litfaßsäule in allen großen Städten, ganzseitig in jeder namhaften Illustrierten. Ich war glücklich und auch etwas stolz. War ich doch damit aus dem tiefen Sumpf des Niemandseins gestiegen und in Deutschland und in Österreich von Hunderttausenden, ja vielleicht sogar von Millionen, gesehen und bewundert.

Und schon bald kamen weitere Fotoaufträge. Ich posierte für Nivea und propagierte die perfekte Hausfrau mimend das Waschpulver „Wipp Perfekt" von Henkel. Der Name Tosca aber blieb mir noch lange erhalten.

Mit meiner wachsenden Bekanntheit wuchs auch mein Selbstvertrauen, und die Wunden tief in meiner Seele begannen zu vernarben. Ich erinnerte mich an das Gedicht von Hilde Domin, das die deutsch-jüdische Lyrikerin geradezu für mich geschrieben zu haben schien:

Keine Katze mit sieben Leben,
keine Eidechse und kein Seestern,
kein zerschnittener Wurm
ist so zäh wie der Mensch,
den man in die Sonne von Liebe und Hoffnung legt.
Mit den Brandmalen auf seinem Körper
und den Narben der Wunden
verblasst ihm die Angst.
Sein entlaubter Freudenbaum treibt neue Knospen,
selbst die Rinde des Vertrauens wächst langsam nach.

Fräulein Tosca 1958

Veränderungen

Wir Serviererinnen in den Ratskeller Weinstuben roulierten täglich mit unseren Einsatzbereichen, damit abwechselnd eine jede von uns die Chance erhielt, auch immer wieder einmal an den besonders begehrten Tischen zu bedienen. Doch meine Stammgäste wählten fast automatisch ihre Sitzplätze da, wo ich tätig war. Jeder wollte von Fräulein Tosca bedient werden, schon allein um sagen zu können, er kenne dieses berühmte Gesicht, habe mit dem Tosca-Fräulein persönlich gesprochen und sei von ihr sogar persönlich bedient worden.

Dies neideten mir einige der Kolleginnen. Neid ist eine Eigenschaft, die mir ein Leben lang fremd blieb. Die Britta ließ mir ihre Missgunst mit bissigen Bemerkungen deutlich spüren: „Bildest du dir vielleicht ein, etwas Besseres zu sein, weilst in der Zeitung stehst? Machst die Männer ganz verrückt! Hast du es überhaupt noch nötig, hier bei uns zu bedienen?"

Eines Tages kam es zum Eklat. Britta bildete sich ein, ich würde vom Koch bevorzugt bedient werden. „Warum kriegst du eigentlich immer das bestellte Essen früher als wir?", maulte sie und drohte, ich würde das noch zu spüren bekommen. Am selben Abend passte sie mich am Ausgang ab und gab mir wutentbrannt mit voller Wucht eine schallende Ohrfeige.

Das brachte das Fass zum Überlaufen. Ich hatte genug von den Schikanen. Mein Selbstbewusstsein war mittlerweile so gestärkt, dass ich mir eine derartige Behandlung nicht mehr gefallen lassen wollte! Dies war der Auslöser für meine spontane, wenn auch wohl überlegte Kündigung. Obwohl Herr Schmutzer mich extra zu Hause anrief und mir erklärte, er habe diese Kollegin sofort entlassen, ging ich nicht mehr zurück in die Weinstuben im Ratskeller.

Zwei Extreme bestimmten bisher mein Leben. Entweder war ich zu Tode betrübt, fühlte mich ungeliebt, allein, einsam und verlassen oder ich war himmelhochjauchzend mittendrin im Leben. Eigentlich ging es mit mir seit zwei Jahren nur aufwärts. Ja, ich war sogar erfolgreich und beliebt. Ich hatte so richtig Freude am Leben gewonnen, sowohl beruflich als auch privat. Attraktive und interessante Herren der Schöpfung hofierten mich. Auch Heiratsanträge blieben nicht aus. Doch noch immer befürchtete ich, geprägt von der Angst und dem Misstrauen aus meiner frühesten Kindheit, mich für den Falschen zu entscheiden und für den Richtigen nicht die Richtige zu sein. Mit dieser Einstellung machte ich mir leider vieles selbst kaputt. Im Laufe meines Lebens sollte ich mir mit diesem meinem Misstrauen noch sehr oft schaden. Ich vertrieb damit letztendlich nicht selten die ehrlichsten Menschen, die mir nur Gutes wollten und meine Zurückhaltung, ja Abweisung, wahrhaftig nicht verdient hatten.

Was bei mir, neben dem Willen zu lernen, jedoch konstant blieb, war das Bestreben, etwas Eigenes zu schaffen, um nie von jemandem anderen abhängig sein zu müssen. Ein Zuhause, ein trautes Heim, das nur mir allein gehören sollte, plante ich mir aufzubauen. Niemals wieder wollte ich in die Situation kommen, mich auf jemanden verlassen zu müssen oder gar verlassen zu werden. Ich wollte mein Leben selbst bestimmen.

Und bald schon konnte ich meinen Plan in die Tat umsetzen. Ich hatte genug angespart, ging zur Kreissparkasse, legte mein Sparbuch vor und beantragte kühn einen Kredit für den Kauf einer Eigentumswohnung, der mir sofort gewährt wurde. Dass der Bankmitarbeiter und spätere Personalchef in mir mehr sah als nur eine kreditwürdige Kundin und ernsthaftes Interesse an mir persönlich hatte, bemerkte ich damals in meiner Naivität natürlich wieder einmal nicht.

Meine neu erworbene Wohnung befand sich in der Ainmillerstraße 5, dem ersten Appartementhaus in München nach dem Krieg, erbaut von einem Herrn Aschenbrenner. Erst als ich selbst darin wohnte, bemerkte ich, dass Geschäftsleute einige Wohnungen an Damen des horizontalen Gewerbes vermieteten.

Da ich damals an einer Allergie litt, die sich mit dick angeschwollenen Handgelenken bemerkbar machte, begab ich mich für die Untersuchungen ins Krankenhaus in der Pettenkoferstraße. Dort erhielt ich auch die notwendigen Behandlungen. Besonders aufmerksam, ja geradezu liebevoll, betreute mich Dr. Ernst Löbl. Er kümmerte sich auch nach meinem Klinikaufenthalt weiter persönlich um mich. Dabei kamen wir uns näher. Es ging ihm wirklich nicht darum, das Tosca-, Nivea- und Wipp-Perfekt-Fräulein an Land zu ziehen, er liebte mich, die Theresia.

Schon bald wollte Ernst mich unbedingt seinen Eltern vorstellen. Er stammte aus Münster in Westfalen und war der einzige Sohn gutsituierter Leute. Doch immer wieder zögerte ich dieses Treffen hinaus, weil ich noch immer voller Hemmungen war und nicht glauben konnte, einem Herrn Doktor eine ebenbürtige Partnerin zu sein. Irgendwann war seine Geduld am Ende. Und so kam es durch meine Schuld zur Trennung, bevor es überhaupt richtig begonnen hatte. Dabei wünschte ich mir nichts sehnlicher als einen lieben und treuen Mann an meiner Seite, ihn zu heiraten und von ihm Kinder zu bekommen, am besten gleich mehrere. Die Anlagen zu einer perfekten Hausfrau und Mutter hätte ich mit Sicherheit mitgebracht.

Als Reklamefrau, die von den Litfaßsäulen und aus den Illustrierten strahlte, war ich über die Grenzen Deutschlands hinaus bekannt und erfolgreich, vielleicht sogar berühmt. Die Menschen mochten und bewunderten mich. Doch musste ich erfahren und erkennen, dass Berühmtheit allein nichts mit wahrer Liebe zu tun hat.

Und auch wenn ich mir den Traum vom Eigenheim und der damit erhofften Selbständigkeit erfüllen konnte, fühlte ich mich dennoch einsam und verlassen. Meine Sehnsucht nach Liebe und Geborgenheit blieb ungestillt.

Wipp Perfekt – die perfekte Hausfrau
1963

Ein Mann fürs Leben

Meine gute Kollegin und Freundin Helma, eine geschiedene Frau und lebensfrohe Lesbe mit der Lebenseinstellung, Männer können ihr gestohlen bleiben, sie sollen ihren Zipfel in die Türe schieben, meinte, wir sollten mal wieder um die Häuser ziehen. Mir fiel zunächst nicht auf, dass sie als Verantwortliche für die Schichteinteilung im Ratskeller mich immer so einplante, dass ich keine Zeit für meine Verehrer fand und somit nur mit ihr ausgehen konnte. Dass sie längst ein Auge auf mich geworfen hatte, schnallte ich, das naive Kind vom Land, natürlich wieder mal nicht.

Unsere Stammlokale waren eigentlich die Gisela, die Schwabinger Sieben und der Heuboden in Schwabing sowie das Moulin Rouge und das Lola Montez beim Platzl. Diesmal aber schlug sie die Pfälzer Weinstuben in der Münchner Residenz vor. Weil es dort immer zünftig zuginge, meinte sie. Dort gab es nicht nur guten Wein und gutes Essen, man traf dort auch interessante Leute.

Die Musiker des Bayerischen Rundfunks hatten just an jenem Abend ihre Stammtischrunde. Wir setzten uns zu ihnen. Mit dabei war Josef Schmitz, Konzertmeister des Rundfunkorchesters und Witwer. Mehr als einmal trafen sich unsere Blicke. Er musste es gemerkt haben, dass Helma mir zuflüsterte: „Das wär doch ein Mannsbild für dich."

Josef Schmitz kam zu uns herüber, stellte sich als Jupp vor, so würden ihn seine Freunde nennen, und blieb bei uns sitzen.

Es war fast wie Liebe auf den ersten Blick, wie man solche Situationen zwischen Mann und Frau zu beschreiben pflegt, zwischen denen es ordentlich funkt. Ich fand diesen Josef Schmitz jedenfalls schon mal sehr beeindruckend. Er sah recht gut aus. Das bestätigte auch Helma. Aber die hatte ja andere Interessen. Er spielte nicht nur hervorragend Geige, sondern auch Klarinette und Saxofon. Er war humorvoll, witzig und wusste auch reichlich Lebenserfahrung nachzuweisen; denn schließlich war er bisher schon zweimal verheiratet gewesen. Seine erste Ehe, aus der ein Sohn hervorgegangen war, war geschieden worden, seine zweite Frau war vor eineinhalb Jahre gestorben. Er sprach mit uns ganz offen über sein bisheriges Leben, was ihn mir noch sympathischer machte. Nun suchte der Witwer abermals eine Frau fürs Leben, seine dritte. Ich fühlte mich von ihm geradezu magisch angezogen, offenbar weil er für mich in gewisser Weise eine Vaterfigur darstellte und ich mich immer nach einem richtigen Vater sehnte.

Bei der 800-Jahrfeier von München im Jahr 1958 kamen wir uns näher. Mein Jupp, Josef Schmitz, war stets lustig, fidel und gut aufgelegt. Immer, wenn er sich mit seinen vielen Freunden traf, nahm er mich mit. Ich war ihm wichtig. Ein für mich bis dahin unbeschreibliches Gefühl.

Wir verbrachten eine wirklich schöne Zeit miteinander. Wir liebten uns, waren viel unterwegs, machten Reisen, wann immer es möglich war, und ich begleitete ihn zu seinen Live-Auftritten. Jupp hatte es gerne, wenn man ihn verehrte und bewunderte. Und das tat ich wirklich offen und ehrlichen Herzens. Schließlich bat er mich, zu ihm in seine einhundert Quadratmeter große Wohnung in der Barbarossastraße zu ziehen. In meiner Verliebtheit tat ich das auch und vermietete mein eigenes Appartement.

Dass mein Liebster in erster Linie nach einer Frau suchte, die ihm den Haushalt führte, wollte ich vorerst nicht wahrhaben. Ich genoss das aufregende Künstlerleben mit ihm. Es kam ihm äußerst gelegen, dass ich gerade meine Stellung in den Ratskeller Weinstuben aufgegeben hatte und nun ganz für ihn da sein konnte. Außerdem war ich stets bescheiden und stellte an meinen geliebten Lebensgefährten keinerlei finanzielle Ansprüche. Wenn es für mich mal knapp wurde, arbeitete ich gelegentlich im „Max II Espresso" an der Maximilianstraße. Meine Ambitionen, weiterhin als Fotomodell zu arbeiten, hatte ich der Liebe wegen aufgegeben, obwohl die Hutters mich sogar zu einer Mannequin-Ausbildung schicken wollten.

Der Altersunterschied zwischen Jupp und mir war beträchtlich. Ganze 21 Jahre trennten uns. Dass er keine Kinder wollte, wusste ich. Trotzdem glaubte ich an ein Wunder. Er lebte für seinen Beruf und dafür, das Leben in vollen Zügen zu genießen. Jegliche weitere Verantwortung lehnte er ab. Daher war er über meine Schwangerschaft, die ich ihm schonend beizubringen versuchte, nicht gerade erfreut. Als unser Baby unterwegs war, wollte er es zunächst nicht. Ich fühlte mich von ihm allein gelassen. Doch als unser Töchterchen Sabine geboren war und er sie zum ersten Mal in seinem Arm hielt, liebte er sie fortan heiß und innig. Als ich mir aber weitere Geschwister für Sabine wünschte, wurde er bei diesem Thema sehr barsch, ja fast unerträglich. Er wollte davon nichts hören. Punkt!

Hochzeit mit Josef Schmitz 1960

Meine erste Ehe

Unsere standesamtliche Trauung fand am 13. April 1960 im kleinen Kreis statt. Ich war 26 und mein Mann Josef Schmitz 47 Jahre alt. Die anschließende Hochzeitsreise führte uns zum Arlberg, nach Meran und für ein paar Tage in die Stadt für Verliebte, nach Venedig.

Vier Wochen später, Anfang Mai, als der Flieder blühte, heirateten wir kirchlich. Im weißen Spitzenkleid stand ich vor dem Altar. Mein Großvater Paul Seitz, meine Mutter und ihr Mann, mein Pflegevater, einige meiner Geschwister sowie Kollegen von Josef und mir zählten zu den Hochzeitsgästen. Großvater war hocherfreut, mich nun endlich unter der Haube zu wissen.

Als frisch gebackene Ehefrau war ich während meiner Schwangerschaft oft allein, weil Josef als Musiker vielen Verpflichtungen nachkommen musste. Im Gegensatz zu mir freute sich mein Mann nicht so sehr auf unser Baby. Ich spürte das nur zu genau. Doch das tat meinen intensiven Muttergefühlen keinen Abbruch. Ich freute mich auf das Kind und war überglücklich. Schon als es in mir heranwuchs, war ich mir sicher, dass ich diesem kleinen Menschenkind all meine Liebe und Zuwendung schenken würde und es an nichts Mangel leiden sollte.

Ich glaubte doch tatsächlich, die Dreizehn sei meine Glückszahl. Schließlich hatte ich an einem 13. geheiratet und genau am 13. November 1960 kam auch mein Töchterchen Sabine auf die Welt. Es war eine schwere Geburt im Rotkreuz Krankenhaus. Nachdem ich fast 24 Stunden lang in den Wehen lag, kam es zu Komplikationen. Die Nabelschnur hatte sich um den Hals des Ungeborenen gewickelt und beinahe wäre mein Kind bei der Geburt erstickt.

Ich war überzeugt, daran nicht ganz unschuldig zu sein. Warum musste ich auch kurz vor der Niederkunft noch die gesamte Wohnung putzen, sogar die Vorhänge waschen und mich derart überanstrengen? Es sollte eben alles in Ordnung sein! Mein Sauberkeits- und mein ausgeprägter Ordnungssinn waren wieder einmal stärker als meine innere Stimme, die nach Ruhe verlangte. Aber Gott sei Dank ging alles gut aus. Unsere Tochter wurde auf den Namen Sabine Juliane getauft, da meine Schwester Juliane ihre Taufpatin war.

Für mich begann nun die schönste Zeit in meinem Leben. Mein Jupp hatte sich als Familienvater sehr zum Positiven verändert. Gern zeigte er sich mit uns und war stolz darauf, sich mit seinen beiden Frauen zieren zu können. Mir ging es richtig gut, denn ich brauchte mich jetzt nur noch um den Haushalt zu kümmern und meinem kleinen Mädchen eine perfekte Mutter sein.

Manchmal, besonders im Sommer zur Erntezeit, bekam ich fast ein schlechtes Gewissen, wenn ich an die harte Landarbeit zurückdachte, wie ich sie als Kind miterlebt hatte. Ich bereue noch heute, dass ich viel zu viel geputzt und aufgeräumt habe, anstatt die Zeit mit meiner Tochter Sabine zu verbringen. Aus Gewohnheit oder auch auf Grund meiner strengen Erziehung im Elternhaus, wollte ich immer alles piekfein und topp in Ordnung halten. War es das wirklich wert?

Über viele Jahre hinweg war es mir gegönnt, meinen Mann auf die schönsten Bälle im Deutschen Theater zu begleiten. Neben seiner Tätigkeit als erster Geiger im Rundfunk Tanzorchester spielte Jupp dort an Fasching im Pausenstreichorchester von Max Greger mit; denn traditionell wurde das Prinzenpaar von einem Orchester mit Streichern empfangen.

Auch im Bayerischen Hof und im Königshof nahmen wir an vielen Veranstaltungen teil. Fast alle Opern, Operetten und Theateraufführungen, die in München geboten wurden, sahen wir uns an. Kulturell erlebte ich in dieser Zeit so viel, dass ich auch noch später davon zehren konnte und diesbezüglich wirklich nichts mehr vermisste.

Unsere Wohnungsnachbarn, Herr und Frau Seitz, kümmerten sich, wenn Jupp und ich ausgingen, wie Oma und Opa, ganz liebevoll als Babysitter um Sabinchen. Oft machten wir auch wunderschöne Reisen zu dritt. Unsere Tochter lernte bereits mit vier Jahren das Skifahren. Sie war begeistert von diesem Sport. Als Sabine schon älter war, besuchte sie gerne ihre Großeltern im Allgäu oder verbrachte ihre Ferien bei meiner Schwester Juliane.

Eigentlich fehlte es uns an nichts, bis auf meinen Wunsch nach weiteren Kindern, Geschwisterchen für Sabine. Davon abgesehen wurde ein weiterer Wunsch in mir wach. Ich hätte gern irgendwann auch ein eigenes Haus mit Garten gehabt, um nicht mein Leben lang zur Miete wohnen zu müssen. Begründet war dies durch die alte Angst, von anderen Leuten abhängig zu sein. Ich konnte mich diesem Wahn nach Unabhängigkeit einfach nicht entziehen. Bereits mit 19 Jahren hatte ich begonnen, eisern zu sparen. Man konnte ja nicht wissen, wofür es einmal gut sein würde, ein kleines finanzielles Polster auf der Seite zu haben.

Jupp wollte keine weiteren Kinder, auch kein Haus kaufen und sich schon gar nicht auf lange Zeit verschulden. Er lehnte jegliches Risiko ab, wie auch eine Veränderung unseres Wohnorts. Anscheinend setzten sich in mir unbewusst doch die Gene meines leiblichen Vaters durch, von dessen Existenz ich damals nicht die leiseste Ahnung hatte. Eines Tages aber schaffte ich es doch, meinen Mann zum Kauf eines Hauses zu überreden. Wir müssten ja nicht gleich selbst einziehen. Man könnte es vermieten und mit den Mieteinnahmen die Schulden abtragen. 1968 erwarben wir tatsächlich ein kleines Reihenhaus in Gröbenzell, das wir dann auch vermieteten.

Die ersten zehn Jahre unserer Ehe verliefen in der Tat sehr harmonisch. Jupp aber wurde allmählich, wenn auch völlig grundlos, krankhaft eifersüchtig. Er verfolgte jeden meiner Schritte. Ich fühlte mich mehr und mehr bedrängt und eingeengt. Der Altersunterschied machte sich langsam bemerkbar. Weitere Kinder kamen für ihn ohnehin nicht in Frage. Ich hatte plötzlich das Gefühl, etwas zu versäumen und vielleicht sogar den falschen Mann geheiratet zu haben. Immer mehr zweifelte ich daran, mit diesem Mann den Rest meines Lebens verbringen zu können.

Theresia und Ministerpräsident Alfons Goppel
1972

Meine neue Selbständigkeit

Gelegentlich arbeitete ich für meine damalige Freundin Ika von Richthofen, die ein angesagtes Promi-Lokal in Schwabing führte. Wenn mein Mann Josef abends zu Hause war, genügte nur ein Anruf von Ika und ich eilte los, um ihr zu helfen.

Als Sabine so etwa 12 Jahre alt war und eine gewisse Selbständigkeit erreicht hatte, konnte ich sie schon häufiger mal auch allein zuhause lassen.

Zu Ikas besonders geschätzten und erlauchten Gästen gehörte der berühmte Opernregisseur August Everding. Er kam gerne nach der Aufführung mit seinen Kollegen und Freunden im Schlepptau zu uns und ließ sich von mir mit Champagner verwöhnen. Ich durfte auch immer wieder einmal seine Gäste in seiner Grünwalder Villa bedienen.

Durch seine Empfehlung erhielt ich 1968 die Möglichkeit, bei Feinkost-Käfer für den Veranstaltungsservice zu arbeiten. Damit wurde ich finanziell von Josef unabhängig. Es war eine Tätigkeit im Außendienst auf Stundenbasis. Ich servierte bei hochkarätigen Veranstaltungen und Empfängen der Regierung, der Staatskanzlei und bei Vorstandssitzungen bekannter Firmen und Unternehmen. Immer öfter wurde ich zum Dienst eingeteilt. Meine Einsätze wurden immer länger und dauerten auch schon mal bis zu 15 Stunden am Tag. Wir wurden bei Staatsempfängen in München ebenso gebraucht wie auch in der Bundeshauptstadt Bonn und im Ausland. Ich servierte für Ministerpräsidenten und Minister, wie Alfons Goppel, Max Balthasar Streibl, Edmund Stoiber und Franz-Josef Strauß, aber auch im Auftrag von Außenminister Walter Scheel und zahlreichen Geschäftsleuten, Firmenvorständen und dem deutschen Adel.

Da ich bei allen Kunden beliebt und begehrt war, wurde ich auch immer wieder angefordert. Diese hochinteressante Tätigkeit ließ den permanenten Stress mit meinem Mann zuhause vergessen. Ich arbeitete mit Liebe und unermüdlichen Fleiß, war zuverlässig, ehrgeizig und, was für diesen Job besonders wichtig war, verschwiegen. Für meine Arbeit erhielt ich viel Anerkennung und sogar Dankschreiben. Meine Erlebnisse in über 28 Jahren bei Käfer könnten allein ein komplettes Buch füllen. Aber Diskretion gehört zu diesem Geschäft.

Ich begann auch mich beruflich weiterzubilden, um im Falle einer Scheidung für uns, Sabine und mich, allein sorgen zu können. Deshalb machte ich zusätzlich eine kaufmännische Ausbildung an der Sabel-Wirtschaftsschule.

Meinen Wunsch, Stewardess zu werden, hatte ich mit meiner Eheschließung bereits aufgegeben. Inzwischen war ich auch schon zu alt dafür. Ich schaffte es aber dennoch, wenigstens hin und wieder im Service als Bodenstewardess bei der Lufthansa zu arbeiten.

Nach Abschluss der Sabel-Schule nahm ich eine Anstellung im Theaterbüro der Volksbühne an. Drei Tage in der Woche war ich dort im Kartenvorverkauf tätig. Zusätzlich führte ich die Kasse, kümmerte mich um die ordnungsgemäße Abrechnung und die Zusendung der Karten an die Abonnenten. Wieder hatte ich mit vielen interessanten Menschen zu tun, was mir immer gut gefiel und meine Freude an der Arbeit förderte. Obwohl es für uns Angestellte keine ermäßigten Karten gab und wir uns deshalb die Stücke auf der Bühne nur selten ansehen konnten, wurde doch von uns erwartet, dass wir ihren Inhalt kannten und darüber Auskunft geben konnten. Also las ich mir alles, was ich wissen musste, an und studierte auch stets die Besetzungspläne.

Beruflich war ich ausgefüllt, vollkommen eingespannt und zufrieden. Nur privat lief es immer schlechter. Unsere Ehekrise setzte sich fort und die Probleme überschatteten schon bald unser Familienleben. Immer mehr wurde mir bewusst, dass wir einfach nicht mehr zusammenpassten. Jupps Engstirnigkeit, seine Eifersucht und sein kleinliches Verhalten gingen mir auf die Nerven. Ich hätte es wissen müssen, dass ich als flexible und mutige Widder-Frau nicht in Harmonie mit einem unter dem Sternzeichen Jungfrau geborenen Mann auf Dauer zusammenleben konnte. Sabine litt zusehends unter unseren Spannungen. Besonders ihr zuliebe versuchte ich über fünf Jahre hinweg eine Trennung in Frieden und Freundschaft herbeizuführen. Doch es war nicht möglich.

Josef Schmitz kämpfte mit allen Mitteln gegen mich, zutiefst verletzt, von seiner Frau verlassen zu werden. Ja, er begann mich richtiggehend zu hassen. Sein Hass und seine Verachtung trafen mich vor allem auch nach der Scheidung. Er konnte mir fast bis zu seinem Tod die für ihn so schmähliche Trennung nie richtig verzeihen. Er tyrannisierte mich mit allen Mitteln, wo immer sich eine Möglichkeit für ihn bot. Egal, ob es um das Kindergeld für Sabine ging oder um die Teilung unseres vermieteten Hauses. Josef Schmidt setzte alles daran, mir meinen weiteren Lebensweg zu vermiesen.

Als er auf die Neunzig zuging, besuchte ich ihn einmal die Woche. Er tat mir leid, der einsame, alte Mann. Und eines Tages geschah ein Wunder. Jupp legte seine Hand auf meine Schulter und sagte: „Das mit dem Haus hast du gut gemacht!"

Sein Lob nahm ich als Zeichen seiner Dankbarkeit gerne an. Er konnte mit dem Geld, das er für das Haus, das er ursprünglich gar nicht wollte, erhalten hatte, einen angenehmen und sorglosen Lebensabend verbringen.

Josef Schmitz starb 2008 im Alter von 93 Jahren.

Intermezzo

1975 kam es schließlich zur Scheidung. Für mich war es geradezu ein Akt der Befreiung, ein Neubeginn meines Lebens. Jupp zog aus unserer Wohnung aus und mietete sich ein Appartement, ganz in der Nähe. In der Pfälzer Weinstube, seinem Stammlokal, hatte er inzwischen eine Biggi kennengelernt, die bald schon seine vierte Ehefrau wurde. Sie verstarb 1998, und seitdem war Jupp wieder Witwer.

Ich wollte nicht, dass der Kontakt zwischen Sabine und ihrem Vater nach unserer Scheidung abbricht. Immer wieder forderte ich sie auf, ihn zu besuchen. Da meine Nachfolgerin Biggi unsere Tochter nicht mit offenen Armen aufnahm und ihr auch sonst nicht gerade herzlich begegnete, fühlte sich Sabine bei ihrem Vater und seiner neuen Frau nicht wohl. Die Treffen reduzierten sich folglich auf ein Minimum.

Als alleinerziehende und berufstätige Mutter verdiente ich meinen Unterhalt selbst. Ich arbeitete viereinhalb Tage in der Woche, tagsüber für das Theaterbüro und zusätzlich fast jeden Abend und manchmal auch am Wochenende für Käfer. Nur wenige freie Stunden verblieben mir für Sabine, die mir besonders im Alter zwischen 16 und 18 Jahren so manche Sorgen bereitete. Manchmal hatte ich das bange Gefühl, meine Erziehung liefe vollends aus dem Ruder.

Zunächst war meine Sabine ganz erpicht darauf, Gitarre spielen zu lernen. Doch irgendwann verlor sie das Interesse daran und blieb immer öfter dem Gitarrenunterricht fern, was ich nicht mitbekam. Sie traf sich stattdessen lieber mit ihren Freundinnen.

Mit Sechzehn schlich sich meine Sabine einmal heimlich aus dem Haus, um sich mit ihren Freundinnen, wie ich befürchtete, ins Münchner Nachtleben zu stürzen. Als ich erschöpft von der Arbeit nach Hause kam, war meine Tochter nicht aufzufinden. Mir blieb vor Schreck fast das Herz stehen. Postwendend stieg ich ins Auto und fuhr die nächtlichen, neonbeleuchteten Straßen Münchens ab. Ich entdeckte meine Sabine und ihre Freundinnen schließlich auf der Leopoldstraße. Sie hatten auf einer Parkbank Tücher ausgebreitet und darauf bunt bemalte Isarsteine gelegt, die sie zum Kauf feilboten. Zwei Mark verlangten sie pro Stein. Das Geld, gestand mir Sabine, wollten sie als Spende für die Pferdeklinik sammeln. Ich war gerührt und nahm meine Tochter liebevoll in den Arm.

Sabine lebte atemlos, als ahnte sie, dass ihr nicht mehr viel Zeit blieb, das Leben auszukosten. Ihren Freundeskreis betrachtete ich mit zwiespältigen Gefühlen. Als besorgte Mutter hatte ich nicht selten den Eindruck, sie würde sich mit den falschen Leuten zusammentun.

Viel Zeit verbrachte sie mit ihrem liebsten Hobby, dem Reiten. Sie erlernte es in der Unireitschule, wo ich früher selbst einmal, mit Anfang 20, mit dem Reiten begonnen hatte. Gern begleitete ich meine Tochter zu ihren Reitstunden und, wenn sich die Gelegenheit dazu ergab, schwang ich mich auch mal wieder selbst in den Sattel.

Sabine fand schon bald Anschluss zu einem Reitstall auf der Rennbahn in München Riem. Bereits am frühen Morgen fuhr sie noch vor der Schule mit dem Fahrrad zum Stall, um die Pferde zu pflegen und zu trainieren. Viel später erst erfuhr ich, dass sie oftmals die Schule geschwänzt hatte, um länger bei ihren geliebten Pferden bleiben zu können.

Mit Sabines schulischen Leistungen ging es immer mehr bergab. In der 10. Klasse fiel sie schließlich durch. Daraufhin entschied ich mich, sie aus dem Max-Josef-Stift-Gymnasium herauszunehmen und auf die Edith-Stein-Klosterschule, eine reine Mädchenschule, zu schicken. Ich glaubte doch tatsächlich, dass sie dort weniger abgelenkt sein würde und besser lernen könnte. Doch der Wechsel war ein Schlag ins Wasser, weil der Unterricht auf ein vollkommen anderes Lehrkonzept aufbaute und Sabine sich erst einmal einarbeiten musste. Die Umgewöhnung an die neuen Lehrer und Mitschülerinnen machten ihr zudem das Schulleben eher schwerer als leichter. Beinahe hätte sie ausgerechnet die 10. Klasse erneut nicht geschafft. Damit wäre der Weg zum Abitur endgültig versperrt gewesen und sie hätte die Schule nicht einmal mit der Mittleren Reife abgeschlossen. Ich versuchte ihr zu helfen, indem ich viele Gespräche mit dem Direktor des Edith- Stein-Gymnasiums und den verantwortlichen Lehrkräften führte. Doch letztendlich konnte ich nichts erreichen. Sabine trug in ihrem Zeugnis sowohl in Französisch als auch in Englisch eine Fünf heim.

Es war ein großes Glück für uns, dass ich gerade in dieser schwierigen Zeit bei meiner Arbeit Herrn Baumann, einen pensionierten Mathematiklehrer der Edith-Stein-Schule, kennenlernte. Er nahm sich meiner Tochter an und erteilte ihr, ohne etwas dafür zu verlangen, Nachhilfeunterricht. Dank seiner Hilfe und Geduld holte Sabine in Mathematik so gut auf, dass sie damit schon mal einen Ausgleich zu den verpatzten Fremdsprachennoten schaffte.

Herr Baumann stand uns beiden mit Rat und Tat zur Seite. Er wurde auch mir ein wertvoller Ratgeber und Begleiter. Er war ein sehr edler, guter Mensch und Seelentröster, der nach dem Sinnspruch lebte:

„Ich sammle hier auf dieser Erde keine Güter, ich sammle nur noch gute Werke."

Herr Baumann war es auch, der mir den Rat gab, beim zuständigen Beauftragten des Kultusministeriums Einspruch zu erheben. Er unterstützte mich, den hierfür aufwändigen Schriftwechsel zu erledigen. Aber erst über weitere Beziehungen erreichten wir, dass Sabine zur Nachprüfung zugelassen wurde. Während der Ferienzeit hatte sie sich in einem Paukstudio unermüdlich und fleißig auf die Prüfung in Englisch vorbereitet und bestand diese nun auch glänzend. Erleichtert und mit großer Freude konnte sie danach an ihre alte Schule, das Max-Josef-Stift, zurückkehren, die sie dann tatsächlich mit dem Abitur erfolgreich abschloss.

Zur Abiturfeier waren natürlich auch die Eltern eingeladen. Sogar Sabines Vater, Josef Schmitz, erschien zu diesem wichtigen Ereignis. Doch spürte ich genau, wie traurig mein sensibles Mädchen darüber war, dass ihr Vater kein freundliches Wort für mich übrighatte.

Seit einiger Zeit schon litt Sabine an Asthma. Psychisch bedingt, wie die Ärzte meinten. Ihr setzte der Hass, mit dem ihr Vater gegen mich arbeitete, deutlich zu. Natürlich blieb ihr nicht verborgen, dass ich um jede Mark, die er zu bezahlen hatte, kämpfen musste, weil er es niemals freiwillig tat. Und sie sah auch, wie viel Ärger und Schwierigkeiten ich hatte, das Kindergeld für sie, zum Teil mit gerichtlichen Mahnungen, einzufordern.

Sabine und Theresia
Chrysanthemenball 1979

Der Chrysanthemenball

Sabine liebte den Tanz. So sehr, dass sie mit großer Begeisterung jede Woche einen Tanzkurs im Deutschen Theater besuchte. Dafür war ihr kein Weg zu weit. Als ich ihr einmal vom Chrysanthemenball erzählte, den ich oftmals, ebenfalls im Deutschen Theater, besuchen konnte, da Jupp, ihr Vater, ja diesbezüglich die besten Beziehungen pflegte, wollte sie auch unbedingt einmal diesen Ball erleben, am liebsten gleich als Debütantin.

Der Chrysanthemenball ist nicht nur der älteste Wohltätigkeitsball Münchens, sondern auch Europas. Etwa 24 junge Damen und Herren im Alter von 16 bis 30 Jahren geben alljährlich ihr gesellschaftliches Debüt. Dieser klassische Schwarz-Weiß-Ball wurde 1925 von Frau Professor Paula Zell ins Leben gerufen. Eine Krankenschwester der Haunerschen Kinderklinik hatte sie über die finanziellen Probleme des Säuglingsheims informiert. Daraufhin beschloss Prof. Zell Geld zu sammeln, um Abhilfe zu schaffen. Unter dem persönlichen Protektorat der Kronprinzessin Antonia von Bayern fand zu diesem Zweck am 3. Februar 1925 der erste Chrysanthemenball in München statt. Neben der finanziellen Förderung zu Gunsten von Münchner Kinderhilfsprojekten, verfolgen die Organisatoren des Balls das Ziel, jungen Erwachsenen die Augen für die Not zu öffnen, die auch noch heute mitten unter uns zu finden ist. Traditionell werden Organisationen mit Spenden bedacht, die sich der Unterstützung bedürftiger Mädchen und Jungen angenommen haben.

Sabine war gerade 18 Jahre alt, als ich ihr im Februar 1979 den Wunsch erfüllen konnte, wenigstens als Besucherin mit mir den Chrysanthemenball zu erleben. Er war im Bayerischen Hof groß angekündigt worden. Jupp wollte uns nach der Trennung nicht mehr und Gerhard, mein neuer Partner, konnte uns aus unerklärlichen Gründen nicht zum Ball begleiten. Er hatte angeblich einen wichtigen nicht aufschiebbaren Termin wahrzunehmen. Aber standesgemäß und traditionell musste uns ein Mann zum Ball begleiten. Wie so oft im Leben, fand sich auch hier eine Lösung.

Ich hatte bei meiner Arbeit am Theaterschalter einen gebildeten älteren Herrn kennengelernt, den Diplom-Ingenieur Uli Götz. Wir unterhielten uns mehrmals angeregt über die Münchner Theater- und Kunstszene und fanden viele Gemeinsamkeiten und ähnliche Interessen auf diesem Gebiet. Herr Götz war geschieden und Vater von zwei Söhnen. Zusammen mit seiner Mutter hatte er ein Theaterabonnement. Da seine Mutter aus Altersgründen nicht mehr ins Theater mitkommen konnte, bat er mich hin und wieder, ihn zu einer Aufführung zu begleiten. Das tat ich gern, erhielt ich doch so die Gelegenheit, die Theaterstücke, deren Eintrittskarten ich verkaufte, einmal selbst zu sehen. Außerdem war ich grundsätzlich am Kulturleben Münchens interessiert. Deshalb freute ich mich sehr über seine Einladungen. Im Laufe der Zeit entwickelte sich zwischen uns beiden eine wirklich gute Freundschaft.

Als ich Uli erzählte, dass ich drei Karten für den Chrysanthemenball, aber keinen Mann als Begleiter an meiner Seite hätte und ich nur ungern mit Sabine allein diese Veranstaltung besuchen wollte, zeigte er ehrliches Verständnis für unsere Situation und bot an, uns zu begleiten. Und das, obwohl seine Mutter ausgerechnet an diesem Tag ihren 90. Geburtstag feierte und seine beiden Brüder von weit her zu Besuch kamen. Unter diesen Umständen aber wollte ich seine Hilfsbereitschaft nicht strapazieren.

„Wenn du nicht mit Sabine allein sein willst, komme ich um neun Uhr nach!", versprach er mir und duldete keine Widerrede.

Mit diesem Angebot tat er nicht nur Sabine, sondern auch mir einen großen Gefallen.

Dann kam der große Abend. Der Chrysanthemenball 1979 im Bayerischen Hof. Wir fuhren mit dem Taxi vor. Das Portal zum Bayerischen Hof war von Scheinwerfern hell erleuchtet. Zuschauer säumten den Weg entlang zum Eingang. Auch der Ministerpräsident Franz Josef Strauß persönlich wurde erwartet. Seine Tochter Monika war als Debütantin angekündigt worden.

Meine Sabine trug ein langes, dem Stil der Siebzigerjahre gemäßes wildgemustertes Kleid und eine silberne Kette mit einem silbernen Herzchen um den Hals. Ich hatte sie ihr zu diesem Anlass geschenkt. Sie sah wie eine richtige Prinzessin aus. Ob sie es merkte, dass sie von den Männern geradezu angehimmelt wurde? Hörte sie die bewundernden Bemerkungen der Damen, die sie musterten? Ich war stolz auf meine Tochter, aber auch ein wenig traurig im Herzen, weil kein Vater sie begleitete. Wir standen in der Lounge des Hotels und beobachten die anderen Gäste, die an uns vorbei flanierten. Endlich forderte uns eine Fanfare begleitet von sanfter Musik auf, die Plätze einzunehmen. Wir saßen im großen Saal des Bayerischen Hofs direkt vor der Tanzfläche. Sabine kam aus dem Staunen nicht mehr heraus, als sie all die festlichen Kleider und Roben sah. Auf den Tischen lagen weiße Decken. Flackernde Kerzen sorgten für eine festliche Stimmung. Bald schon waren die Tische mit Wein- und Sektflaschen, Gläsern, silbernen Sekt- und Weinkübeln überfrachtet.

Wie die Debütanten trug auch der Conférencier einen Frack, weißes Hemd mit Stehkragen und eine weiße Schleife um den Hals. Ein weißes Einstecktuch spitzte aus seiner Brusttasche.

„Herzlich willkommen zum traditionellen Chrysanthemenball 1979", begrüßte der Conférencier die Gäste über das Mikrophon. Das Orchester Hugo Strasser begleitete ihn im Hintergrund mit Tanzmusik. „Genießt den Ball, durchtanzt die Nacht und alles, was euch Freude macht!", ermunterte der Sprecher weiter in Versform. Der Barkeeper im Hintergrund hatte alle Hände voll zu tun. Auf der Tanzfläche bewegten sich die ersten Paare ungezwungen zum Klang der Musik., einem Swing. Die Herren trugen Frack, die Damen meist lange, dunkle, nach der neuesten Mode geschnittene Abendkleider.

„Die schönsten Damen auf jeden Fall sind hier auf dem Chrysanthemenball!", setzte der Sprecher seine Reime fort. „Darauf mit Schampus einen Tost! Auf euer Wohl ein herzlich Prost!" Er erhob ermunternd das Champagnerglas und trank einen kräftigen Schluck daraus. Das Publikum erwiderte seine Aufforderung mit kräftigem Applaus.

Dann stellten sich die Debütanten auf der Bühne nebeneinander auf und schritten paarweise nach vorne. Der Conférencier stellte jedes Paar mit Namen vor, erst die Dame, dann den Herrn. Die Damen machten einen leichten Knicks, ehe sie sich mit ihrem Partner in die Gruppe der Debütanten wieder einreihten. Eine jede der Tänzerinnen hielt einen kleinen Blumenstrauß mit weißen Blüten und umsäumt von grünen Blättern in der Rechten. Mit einem Wiener Walzer in exzellenter Choreografie eröffneten schließlich die Debütanten den Höhepunkt des Abends.

Nach dieser beeindruckenden Schau wurde schon bald auch Sabine von einem jungen, eleganten Herrn im Frack zum Tanz aufgefordert. Sie schien zu den Klängen des Walzers geradezu über der Tanzfläche zu schweben. Wie glücklich sie war! Meine Tochter! Wie war ich stolz auf sie!

Alle hielten plötzlich inne und schauten gespannt zum Tisch unseres bayerischen Landesvaters, als Monika, eine der vierundzwanzig Debütantinnen, die Tochter des Ministerpräsidenten Franz Josef Strauß, ihrem Vater ein Bouquet Chrysanthemen zum Kauf für einen wohltätigen Zweck anbot. Allen im Saal war wohl bekannt, dass dieser unser Landesvater auf das Amt des Bundeskanzlers spekulierte und er seinen Kontrahenten Helmut Kohl unverfroren als führungsschwach tituliert hatte.

Uli hielt sein Versprechen und kam noch vor neun Uhr. Als Kavalier alter Schule wählte er mich als seine Tanzpartnerin für diesen Abend, während Sabine immer wieder von demselben attraktiven jungen Mann zum Tanz geholt wurde.

„Mama, es ist wunderschön!", bemerkte sie zwischendurch, in einer Tanzpause. Und plötzlich gab sie mir einen Kuss auf die Stirn und sagte: „Danke, Mama, für diesen schönen Abend!"

Ich war in diesem Moment die glücklichste Mama der Welt.

Hochzeit mit Gerhard Lew
1981

Ehe Nummer zwei

Nach meiner Scheidung hatte ich erst einmal genug von den Männern und auch kein Interesse, einen neuen Partner kennenzulernen, geschweige denn eine feste Beziehung einzugehen. Doch das Schicksal spielte wieder einmal anders.

In unserer Straße gab es einen Sportverein, in den ich regelmäßig zur Gymnastik ging. Auch Gerhard Lew, ein echter Strahlemann, war Mitglied in diesem Verein. Er spielte in der Fußballmannschaft. Bisher kannten wir uns nur flüchtig vom Sehen.

Ich lernte ihn zunächst von seiner besten Seite kennen. Er konnte charmant plaudern, wirkte gelöst, war ohne Hemmungen und, was vor allem die Damen zu schätzen wussten, stets hilfsbereit. Spontan fesselte er Menschen durch seine Sprachgewandtheit und Schlagfertigkeit. Wenn auch meist nur für kurze Zeit.

Auch ich ließ mich von ihm und seinen Phrasen und Späßen blenden, weil ich ihn trotz seines lockeren Mundwerks zutiefst bewunderte. Während ich von klein an es vorzog, zu schweigen und nur zuzuhören, weil ich mich nur selten traute, meine Gedanken in Gespräche einzubringen, fühlte er sich jeder verbalen Konfrontation gewachsen. In der Öffentlichkeit und auch in seinem Beruf bei der Standortverwaltung der Bundeswehr glänzte er ob seiner Schlagfertigkeit, kam bei jeder und jedem gut an und wurde als netter Zeitgenosse und durchaus attraktiver Mann wahrgenommen. Nicht umsonst machte man ihn zum Betriebsratsvorsitzenden der Standortverwaltung und zum Stellvertreter des Vorstandes im Sportverein. Schon damals hätte mir auffallen können, dass seine Persönlichkeit irgendwie gespalten war. Zu diesem Zeitpunkt aber erkannte ich das nicht.

Ich war wieder einmal bis über die Ohren verliebt und verblendet.

Gerhard war seit fünf Jahren geschieden. Nachdem er erfahren hatte, dass auch ich nicht mehr gebunden war, lud er mich ein, mit ihm auszugehen. Ein halbes Jahr trafen wir uns regelmäßig. Dann machte er mir bei einem Abendessen in der Pizzeria Como in der Leopoldstraße einen offiziellen Heiratsantrag: „Also Thea, wenn es nach mir ginge, werden wir im Herbst verheiratet sein!"

Er nannte mich Thea. Ich fühlte mich zwar geschmeichelt und geehrt, aber mein Jawort gab ich trotzdem nicht sofort. Ich bat um Bedenkzeit.

Ich konnte mir eine neue Eigentumswohnung in der Walpurgisstraße kaufen und damit meinem ersten Ehemann Jupp Schmitz seine Mietwohnung nach drei Jahren wieder zurückgeben. Gerhard Lew ging mir beim Umzug in die neue Wohnung tüchtig zur Hand. Als geschickter Handwerker war er mir stets eine große Hilfe. Er selbst lebte in einem Appartement, nicht weit entfernt von seinem Arbeitsplatz, der Standortverwaltung der Bundeswehr. Meine Sabine kam mit Gerhard sehr gut zurecht. Von Anfang an verbrachte er viel Zeit mit uns gemeinsam, was ich als großes Glück empfand. Während ich ziemlich streng mit Sabine war und sie beizeiten zurechtwies, nahm Gerhard sie so manches Mal in Schutz und setzte sich bei mir für ihre Wünsche ein. Er sah alles lockerer, ließ Fünf gerade sein und meiner Sabine schon mal freien Lauf. Immer zeigte er sich großzügig. Er hatte uns beide ins Herz geschlossen, wie mir schien. Und wir ihn.

Er nahm Sabine mir gegenüber manchmal geradezu heroisch in Schutz. So auch, als ich ihr erlaubt hatte, mit meinem Auto zu fahren. Von der Garage aus führte ein kleiner Hang zur

Straße hinauf. Es war ein grauer Wintertag, die Straße war vereist und schneebedeckt.

Da Sabine die Auffahrt offenbar nicht mit dem notwendigen Schwung nahm, rutschte das Auto rückwärts und landete an der Betonwand der Garage. Der rechte Kotflügel war ziemlich eingedellt. Nach ihrem Missgeschick benachrichtige Sabine nicht etwa mich, sondern Gerhard, der ritterlich die Verantwortung für dieses Malheur übernahm. Er rief mich auf meiner Arbeitsstelle an und erklärte, er habe sich mein Auto ausgeliehen, sei damit ins Rutschen gekommen und habe die Betonmauer bei der Einfahrt wegen des Glatteises touchiert. „Damit du keine Schrerereien hast, habe ich den Wagen auch gleich in die Werkstatt gebracht!", schloss er seine Beichte.

Ach, wie gut, so einen Mann an der Seite zu haben, dachte ich mir, als ich den Hörer auflegte. Da Gerhard sich um alles kümmerte, schöpfte ich auch keinerlei Verdacht. Doch Lügen haben kurze Beine, sagt nicht nur ein Sprichwort. So drei, vier Tage später, plapperte meine Nachbarin bei einem nachbarschaftlichen Smalltalk: „Aber gell, Ihr Töchterchen hat mir echt leidgetan, als ihr das mit dem Auto passiert ist!" So erfuhr ich die Wahrheit.

Im Gegensatz zu mir sah Gerhard die Welt etwas lockerer. Er war als Nesthäkchen behütet, aber dennoch sehr frei aufgewachsen. Er hatte keine Lust auf die höhere Schule zu gehen, obwohl ihm vom Elternhaus alle Möglichkeiten dazu offenstanden. Auch ohne Abitur machte er bei der Standortverwaltung der Bundeswehr Karriere. Da er in seinem Beruf tüchtig, verantwortungsbewusst und gewissenhaft auftrat, genoss er großes Ansehen und hohe Akzeptanz. Das passte so gar nicht zu seinem Privatleben, in dem er sich später eher naiv und verantwortungslos zeigte.

Inzwischen war Gerhard zu uns gezogen und wohnte nun fest bei uns. Wir heirateten 1981.

Sabines Weg

Sabine war zwanzig Jahre alt, als sie ihr Abitur machte. Danach wollte sie am liebsten Tier- oder Humanmedizin studieren. Aufgrund ihres Notendurchschnittes fand sie jedoch nicht sofort einen Studienplatz. So besorgte ich ihr zunächst einmal eine Aushilfsstelle in einer urologischen Praxis.

Über Weihnachten und Silvester 1981 hatte sie ihren Urlaub geplant. Ich schlug ihr vor, ihre Urlaubswoche in München zu verbringen und gemeinsam Silvester zu feiern. In einem schönen Hotel, vielleicht im Hilton.

Da Sabine schon einige Male für Feinkost Käfer gearbeitet hatte, bot sich ihr die Möglichkeit, einige Tage im Laden für das Weihnachtsgeschäft zu jobben und sich zusätzlich etwas Geld zu verdienen. Sabine sparte auf einen Winterurlaub. Sie wollte eigentlich schon über Weihnachten lieber nach Obertauern zum Skifahren. Dort war sie bereits zweimal mit ihren Freundinnen und ihrem Freund, dem Medizinstudenten Peter Borut, gewesen.

In jenem schicksalhaften Winter gab es sehr viel Schnee, der sie lockte. Ursprünglich hatte Sabine vor, bereits am zweiten Weihnachtsfeiertag loszufahren. Doch aus für mich unverständlichen Gründen verzögerte sie die Abfahrt um zwei Tage. In diesen beiden Tagen sortierte sie alle ihre Unterlagen akribisch und räumte ihr Zimmer so penibel auf, wie sie es selten vorher getan hatte. Sie brachte alles in Ordnung, als ahnte sie, dass sie nicht wieder zurückkommen würde.

Zu Weihnachten hatte sich Sabine von mir eine schöne große Reisetasche gewünscht. „Weißt du Mama", sagte sie, „in Zukunft werde ich öfter fortfahren und wahrscheinlich lange wegbleiben. Da brauche ich diese Tasche unbedingt."

Zu diesem Zeitpunkt hatte ich mich noch über die plötzlichen Reisepläne meiner Tochter gewundert!

Am 29. Dezember 1981, morgens um acht Uhr, holten die beiden Freundinnen Sabine mit dem Auto ab. Weil alles so schnell gehen musste, konnte ich mich gar nicht richtig von ihr verabschieden. Noch nicht einmal vollständig angezogen eilte ich im Morgenmantel auf die Straße, um ihr wenigstens nachzuwinken. Unsere Straße ist sehr schmal und der Schnee lag hoch aufgetürmt am Straßenrand. Ein Lastwagen hupte schon ungeduldig, weil das Auto der Mädels die Straße blockierte. Sabine winkte mir kurz zu und rief „Wiedersehen, Mama! Bis bald!“, ehe sie in den Wagen stieg. Doch für uns sollte es kein Wiedersehen mehr geben.

Von Sabines Freundinnen erfuhr ich später, was sich an den nächsten beiden Tagen ereignet hatte. Nachdem die Mädchen am 30. Dezember miteinander Ski gefahren waren, zog sich Sabine am Abend unerwartet rasch zurück, tief in Gedanken versunken. Dieses Verhalten war ungewöhnlich für meine Tochter. Am 31. Dezember wollten sie wieder gemeinsam auf die Piste, doch Sabine trödelte beim Skianschnallen so lange herum, dass die Freundinnen nicht länger auf sie warten wollten und schon losfuhren. Daraufhin entschied sich Sabine allein Ski zu fahren.

Beim Anstehen am Skilift lernte sie zwei junge Männer aus Wien kennen, mit denen sie dann zweimal gemeinsam die Abfahrt vom Plattenkar in Obertauern fuhr. Gegen elf Uhr schlugen die beiden Begleiter vor, in der Skihütte einzukehren, weil ihnen das Licht zu diffus war und auch Nebel aufzog.

Sabine versuchte die beiden zu überreden: „Ach, weil es so schön ist, lasst uns noch einmal fahren!“

Und bei dieser letzten Abfahrt passierte das schreckliche Unglück. Unweit der Hütte geriet Sabine zu sehr an den Pistenrand. Sie fuhr in voller Fahrt in eine Mulde, stürzte und knallte mit ihrer Stirn gegen einen Felsen. Später fand man an dem mit ihrem Blut befleckten Stein sogar noch ein paar Haare von ihr. Bewusstlos lag sie da. Die beiden jungen Männer verständigten sofort die Ambulanz mit einem Notarzt. Doch der ließ auf sich warten. Inzwischen waren auch andere Skifahrer aus der Hütte zum Unglücksort geeilt. Unter ihnen befanden sich zwei Ärzte, die Erste Hilfe leisten konnten. Sie rissen ihr den Anorak auf und führten eine Herzmassage durch. Außerdem versuchten sie eine Mund-zu-Mund-Beatmung. Dass Sabine seit ihrem 18. Lebensjahr an Asthma und Bronchitis litt, konnten die Helfer nicht ahnen. Bevor überhaupt eine erfolgreiche Beatmung durchgeführt werden konnte, hätte der Schleim mit einem Absauggerät entfernt werden müssen. Ein Hinweis wäre möglicherweise ihr Asthmaspray gewesen, das sie immer bei sich trug. Doch natürlich durchsuchte in dieser kritischen Situation niemand ihre Taschen.

Nach einer halben Stunde erst erreichte der Notarzt den Unfallort, allerdings mit einem leeren Sauerstoffgerät. So musste sich sein Sohn mit den Skiern auf den Weg machen, um eine neue, gefüllte Sauerstoffflasche zu besorgen. Und das dauerte zulange. In der Zwischenzeit erhielt Sabine Spritzen, die jedoch keine Wirkung zeigten. Anstatt die Hilfe des Hubschraubers in Anspruch zu nehmen, der über dem Unfallort kreiste, schickte der Arzt den Hubschrauber weiter. Es lief alles schief, was Sabines Leben hätte vielleicht retten können. Sie kam nicht mehr zu Bewusstsein! Eine Dreiviertelstunde kämpfte sie noch mit Schnappatmungen, bis sie schließlich am 31. Dezember 1981 mittags kurz nach 13 Uhr verstarb.

Presseleute, die vor Ort den Notarzt interviewten, erhielten die Auskunft, Sabine Juliane Schmitz sei aufgrund eines Schädelbruchs gestorben.

Sabines Leichnam wurde in die Hütte gebracht. Man hatte einen Zinksarg für sie aus der nächsten Ortschaft angefordert.

Ein zweiter Arzt musste vor Ausstellung des Totenscheins noch vor Ort die Todesursache feststellen. Er bestätigte, dass keine schwerwiegenden Schädelverletzungen vorlagen. Sabine hatte lediglich an der Stirn eine tiefe Schürfwunde. Eine weitere Verletzung war durch den Skistock, den sich Sabine beim Sturz in den Bauch gerammt hatte, festzustellen.

Sabine 1980

Eine schreckliche Nachricht

Die Polizei versuchte mich in München zu erreichen. Mehrmals fuhr ein Streifenwagen zu unserem Haus in der Walpurgisstraße. Die Polizisten klingelten vergebens an unserer Wohnungstür. Die Nachbarn, die einen Schlüssel für unsere Wohnung hatten, bemerkten dies und sprachen schließlich die Polizisten an. Da wir jedoch nicht hinterlassen hatten, wo wir Silvester verbringen wollten, konnten sie auch nicht wissen, wo wir zu finden waren. So suchten sie in unserer Wohnung nach einem Adressbuch und wählten, als sie dieses entdeckt hatten, konsequent sämtliche Telefonnummern durch, um uns zu finden und zu benachrichtigen.

Gerhard und ich waren genau an diesem Vormittag zu meiner Schwester Juliane gefahren. Gemeinsam mit ihrem Ehemann und ihren drei Kindern machten wir eine lange Schneewanderung und kehrten zum Abschluss im nächsten Ort ein. Erst gegen Abend waren wir wieder bei Juliane zuhause.

Um 20 Uhr klingelte das Telefon. Unser Nachbar wollte mich sprechen. Aufgeregt fragte er mich: „Frau Lew, haben Sie die Nachrichten noch nicht gehört? Sie werden im Radio gesucht!" Er stockte einen Augenblick und sagte dann gefasst, klar, deutlich und unmissverständlich: „Ihre Tochter ist tödlich verunglückt!"

Fassungslos legte ich den Hörer auf. Das konnte doch alles nur ein böser Traum sein! Ich hätte in diesem Moment nur noch schreien können! Niemanden wollte ich sehen, mit niemandem sprechen. Wortlos, innerlich unbeschreiblich aufgewühlt und dennoch leer, zog ich mich in Julianes Zimmer zurück. Ich musste allein sein. Mein Sonnenschein, meine einzige, meine größte Freude, meine geliebte Sabine ist tot! Wie sollte ich das jemals verkraften? Wie nur sollte ich weiterleben?

Ich war von dieser Nachricht wie benommen und fühlte mich überfordert. Was war zu tun? Wir wussten weder, was und wie es geschehen war, noch wohin man Sabine gebracht hatte. Alles musste zunächst einmal herausgefunden werden.

Erst am übernächsten Tag fuhren Gerhard und ich nach Obertauern. Der Totengräber in der Leichenhalle riet mir, Sabine besser nicht mehr anzusehen. Doch davon ließ ich mich nicht abhalten. Ich hatte ein Kopfkissen dabei und eine Decke. Warum spielte es überhaupt noch eine Rolle, dass ihr Kopf weich ruhte und sie nicht frieren sollte? Wäre es nicht besser gewesen, ihr schönstes Kleid für diese ihre letzte Reise mitzubringen?

Da lag sie nun, meine Sabine, meine geliebte Tochter, in ihrem aufgerissenen Skianzug samt ihrer Skischuhe. In einem Zinksarg. Daneben stand die Sauerstoffflasche. Nicht einmal die Schläuche hatten sie ihr abgenommen. Ihre Augen waren halb geöffnet, die Finger blau angelaufen und der Bauch wirkte aufgebläht. Man hätte meinen können, Sabine lebte noch. Ich nahm ihre Hand und flehte: „Sabine, hörst du mich? Sabine, wach doch auf! Bitte, bitte wach auf!"

Gerhard stand schweigend neben mir in dieser schweren Stunde, erschüttert wie ich. Das tat mir gut. Er spürte wohl, was es bedeutet, wenn man ein Stück von sich selbst, das einzige Kind, verliert. Ohne ein Wort zu sprechen fuhren wir gebannt von diesem schrecklichen Ereignis zurück nach München. Es galt nun die Beerdigung vorzubereiten.

Abschied von Sabine

Josef Schmitz, Sabines Vater, war mit seiner Frau Biggi über die Weihnachtsfeiertage und über Silvester im Skiurlaub in der Wildschönau. Da ich wusste, in welchem Hotel er abzusteigen pflegte, erreichte ich ihn dort per Telefon und musste nun auch ihm die schlimme Nachricht von Sabines Tod nahebringen. Er wollte mir zunächst nicht glauben. Nach einem kurzen Moment des Schweigens, vernahm ich sein Schluchzen. Er war sich in diesem Moment sicher bewusst, dass Sabine so gern auch dieses Mal, wie schon vor zwei Jahren, mit ihrem Vater zum Skilaufen gefahren wäre. Doch ein zweites Mal wollte er sie nicht mitnehmen, da ihm seine Tochter mit ihrer Freundin im Schlepptau, bereits damals zu wild und ausgeflippt erschien.

Bestattet wurde Sabine in München auf dem Südfriedhof. Ich wählte einen Platz unter einem Fliederbaum als ihre letzte Ruhestätte. Hier wünsche ich, auch einmal begraben zu werden. Ich hatte alles für die Bestattungsfeier organisiert. Über 200 Menschen kamen zur Beerdigung, um von Sabine Abschied zu nehmen.

Das Schlimmste für mich war von da an, jeden Morgen mit dem Gedanken aufzuwachen, dass meine über alles geliebte Tochter nie mehr wieder zurückkommen würde. Am Anfang war der Schmerz fast unerträglich. Jeden Tag pilgerte ich zu ihrem Grab. Oft sprach ich dort mit Sabine, als hätte sie sich nur für eine Weile schlafen gelegt. Monatelang kam ich mir vor, als würde ich selbst zwei Meter unter der Erde liegen.

Gerhard stand mir in dieser Zeit treu zur Seite. Er begleitete mich jede Woche einmal zum Grab und zündete selbst eine Kerze für Sabine an. Es tat mir gut, dass er bei mir war und mit mir den Schmerz teilte.

Alles tat mir weh. Mein Körper und meine Seele rebellierten. Noch Jahre später litt ich unter schweren Muskelverkrampfungen, plötzlicher Atemnot und permanenter innerer Unruhe gepaart mit Schlaflosigkeit. Der Schmerz und die Trauer über den Verlust meines einzigen Kindes waren unermesslich. Doch das Leben ging für mich gnadenlos weiter.

Anfangs ging ich den Leuten in meiner Straße aus dem Weg. Ich konnte mit ihr Beileidskundgebungen nicht ertragen, auch wenn sie ehrlich gemeint waren. Es gab nur wenige, die mich wirklich verstanden und meine Situation nachempfinden konnten. Andere schienen wiederum nicht einmal in der Lage zu sein, mit Leid und Tod umzugehen. Sie scheuten sich, mit mir zu sprechen.

Am glücklichsten in meinem Leben war ich, als Sabine geboren wurde und am unglücklichsten, als sie tödlich verunglückte. Neben der unendlichen Trauer empfand ich ein unbeschreibliches Gefühl der Leere und Angst. Es war die Angst vor dem allmächtigen Gott, der sich mir als Herr über Leben und Tod offenbarte, indem er mir meine Tochter raubte. Ich begann zu reflektieren.

Wie war Sabine doch von ihrem siebzehnten bis zu ihrem zwanzigsten Lebensjahr so unglaublich lebenshungrig! Alles wollte sie ausprobieren, alles erleben und auskosten. Manchmal hatte sie Freunde, die absolut nicht zu ihr passten. Einmal hatte sie eine Liaison mit einem verheirateten Mann, ein anderer Freund von ihr war geschieden.

Für Sabine waren die Pferde so wichtig. Sie faszinierten sie. Auf der Rennbahn verdiente sie ihr Taschengeld. Und wenn sie gerade mal nicht dort ihre Zeit verbrachte, zeichnete sie Pferdebilder, aus denen dreißig Jahre nach ihrem Tod ein Freund einen wunderschönen Bildband kreierte. Ein unschätzbares Vermächtnis für mich!

Alles war Sabine wichtiger als ihre Schule. Damals ermahnte ich sie oftmals: „Sabine, schaff doch erst einmal dein Abitur! Alles andere kannst du doch später einmal machen."

„Mama, du sagst immer später", entgegnete sie. „Wer weiß ob ich das später noch kann!"

Ob sie etwas ahnte?

Viele Erinnerungen an sie gingen mir durch den Kopf. Sabine war aufgeschlossen, unkompliziert, sehr sozial und tierlieb. Eine ganz natürliche junge Frau, die sich überhaupt nichts auf ihr gutes Aussehen einbildete. Für mich ein Geschenk des Himmels. Aber hätte ich nicht mehr Zeit mit ihr verbringen sollen? War ich oft zu streng mit ihr? Manchmal musste ich sie wirklich im Zaum halten. Aber war ich wirklich zu streng? „Du hast ja recht, Mama", meinte sie einsichtig nach so mancher Auseinandersetzung.

Herr Baumann, der sich immer so rührend um Sabine kümmerte, hatte ihr sogar etwas Taschengeld für ihren schicksalhaften Skiurlaub geschenkt. Er hatte ja selbst keine Kinder. Sabine war für ihn wie eine eigene Tochter. Obwohl er verheiratet war, lebte er zeitweise bei seinen Schwestern. Nun war er über 75 Jahre alt und schwer krank. Deshalb verschwiegen wir ihm zunächst den Tod von Sabine, um ihn nicht zusätzlich zu belasten. Erst im Februar, als ich ihn wieder einmal im Krankenhaus besuchte, kam ich nicht mehr umhin, es ihm zu sagen, da er Sabine vermisste. Er konnte sich nicht erklären, warum sie nicht an sein Krankenbett kam. Er fühlte sich von dieser Nachricht betroffen. Da er es war, der Sabines Führerschein großzügig mitfinanziert hatte, befürchtete er zunächst, sie sei mit dem Auto tödlich verunglückt. So musste ich ihm schonend beibringen, was tatsächlich geschehen war. Selbstlos und trotz seiner schweren Krankheit machte er sich nun Gedanken um mich und überlegte, wie er mir auf meinem weiteren Lebensweg helfen könnte. Leider starb er bereits wenige Monate später. Auf seinem Sterbebild stand der Spruch:

Ich war nicht hier auf dieser Erde, um zu hassen, sondern um zu lieben.

Theresia Lew

Wandlung

Nach Sabines Tod sind mir immer wieder Engel begegnet, Engel in Menschengestalt. Waren es höhere Wesen, die durch diese Menschen zu mir sprachen und mir, wie auch immer, halfen? Oftmals hatte ich das Gefühl sogar einen persönlichen Schutzengel zu haben, der mich leitete. Nicht zufällig traf ich auf Menschen, die meine Fragen nach dem Sinn des Lebens, nach dem Woher und dem Wohin beantworten konnten, die mich auf Bücher und Schriften aufmerksam machten, die mir Hilfe waren, meinen Schmerz zu ertragen und mein Schicksal zu verstehen und zu akzeptieren. Mein Leben wandelte sich zusehends.

Durch die Tragödie meiner Tochter wurde ich sensibler und reifer. Früher habe ich mich oft über Dinge geärgert, die mir erspart geblieben wären, hätte ich auf meine innere Stimme gehört, die mich davor warnen wollte. Nun begann ich, ganz bewusst in mich hinein zu fühlen und zu hören und die innere Stimme nicht länger mehr zu ignorieren.

Was wollte mir der unerwartete und plötzliche Tod meiner Tochter sagen? Was sollte er mich lehren? Ist Sabine vielleicht so früh von dieser Erde gegangen, weil sie sich vom Jenseits angezogen fühlte? Möglicherweise von ihren ungeborenen Geschwistern, Kindern, die ich nicht bekommen durfte? Ist sie vielleicht von einer höheren Macht geholt worden, um anderen, eltern- und hilflosen Kindern Platz zu machen?

Auch mit meinem Glauben setzte ich mich auseinander. Auf der spirituellen Ebene war ich nicht allein. Die vielen Gebete und Gedichte, die auf mich zugeschnitten zu sein schienen, wiesen mir die Richtung, um weiterzuleben. Sie gaben mir Halt und Kraft in dieser schweren Zeit.

Mir wurde bewusst: Der Tod eines geliebten Menschen ist die Rückgabe einer Kostbarkeit, die Gott uns nur geliehen hat.

All die Steine, die uns auf den Lebensweg gelegt werden, dienen dem persönlichen Wachstum. Durch Sabines Tod lernte ich das Leben neu zu schätzen und auf das für mich Wesentliche zu reduzieren. Arbeit, Konsum, Reichtum, Erfolg, das alles war mir nicht mehr wichtig.

Ich begann auch über mein Verhalten nachzudenken. Als Sabine noch klein war, machte ich mir viel zu viel Sorgen um sie. Wieviel Angst hatte ich doch, dass sie krank werden oder nicht wachsen könnte. Sie aß ja auch wie ein Spatz. Wie oft quälte ich meine liebe, kleine Tochter mit dem Essen! Bis sie drei Jahre alt war, spuckte sie nach jeder Mahlzeit alles wieder aus. Hätte ich doch das alles mit mehr Gelassenheit hingenommen und sie nicht mit dem Essen so gequält! Später ist sie groß und kräftig geworden. All die vielen Sorgen, die ich mir um sie und ihre Zukunft gemacht hatte, waren im Nachhinein betrachtet sinnlos. Immer hatte ich Angst, ihr könnte etwas passieren. Jetzt lernte ich mit diesen Ängsten umzugehen, sie richtig einzuschätzen und nicht zu überbewerten.

Vier Wochen nach Sabines Tod begann ich wieder bei Feinkost Käfer zu arbeiten. Die Arbeit sollte mich auf andere Gedanken bringen. Traurig hörte ich den Kolleginnen zu, wenn sie von ihren Kindern berichteten. Es schmerzte mich und ich versuchte auch etwas von meiner Sabine in das Gespräch einzubringen. Doch das wollte niemand wirklich hören.

„Hör auf, andauernd von deiner Tochter zu reden. Sie ist tot! Es gibt sie nicht mehr!"

Das tat unendlich weh und schmerzte mich bis ins Mark. Ihr Mangel an Mitgefühl ließ mich verstummen. Ich glaube, es ist nicht so schwer, den Verlust eines Lebensgefährten zu verwinden als das einzige Kind zu verlieren. Es heißt aber auch, wenn man zu sehr trauert, kommen die Toten nicht zur Ruhe. Man soll sie loslassen und sich den Lebenden zuwenden. Das habe ich dann auch beherzigt.

„In mir lebst Du weiter, Sabinchen, mein Sonnenschein, mein ganzer Stolz! Und wir werden uns irgendwann wiedersehen! Du warst ein ganz wunderbarer Mensch, herzlich und liebevoll, geduldig, verständnisvoll mir gegenüber und ungeduldig mit dir selbst! Ich danke Dir, dass ich wenigstens für kurze Zeit deine Mutter sein durfte!"

„Aber ich falle nicht, ich gebe nicht auf.
Ich bin nicht wie Weizen, der bei einem Unwetter umfällt
und vor Sturm Angst hat.
Ich bin wie Buchweizen, voller Saft und Kraft.
Wenn der Sturm kommt, legt er sich um, biegt sich.
Ist er vorüber, steht er wieder auf.
Ich lasse mich zwar zu Boden drücken,
aber richte mich immer wieder auf."

Erneuter Kinderwunsch

Inzwischen waren Gerhard und ich nach Trudering umgezogen. Ich brauchte eine neue Umgebung, ein neues Zuhause, eine grundlegende Veränderung.

Fast schicksalhaft begegnete ich in dieser Zeit immer wieder Menschen, die sich mit dem Tod und dem Jenseits auseinandersetzten. Mit ihnen tauschte ich mich intensiv aus und spürte, wie die Gewissheit in mir wuchs, dass auch mir aus dem Jenseits der Weg, mein Weg, gewiesen werden würde.

Weil ich schon immer gern selbst Kinder haben wollte, reifte in mir nach dem Verlust meiner geliebten Tochter und dem damit verbundenen Schmerz der Gedanke, mich um elternlose Kinder zu kümmern. Schließlich wurden meine Gebete erhört.

Die Erinnerung an meine eigene schwere Kindheit motivierte mich, meinem Leben einen Sinn zu geben. Ich wollte fortan für Kinder und junge Menschen da sein, etwas Gutes für sie tun, ihnen Liebe schenken, ihnen ein schönes Zuhause bieten und ihnen zu einer guten Ausbildung verhelfen. Ich brauchte neben meiner täglichen Arbeit Menschen, für die ich liebevoll sorgen konnte.

Zwar rechnete ich damit, dass Gerhard mit einer Adoption nicht einverstanden sein würde. Er hatte sich im Laufe der Zeit aus mir unerklärlichen Gründen irgendwie in seinem Verhalten verändert, wirkte oftmals abwesend, eher distanziert. Ich befürchtete sogar, er würde mich verlassen. Trotzdem fühlte ich mich stark genug, notfalls auch allein mit einem Kind zu leben, ihm meine Liebe und Aufmerksamkeit zu schenken, ihm Werte zu vermitteln, Vorbild zu sein, ihm viel Zeit zu widmen und eine Heimat zu geben.

Gerhard stand in dieser Zeit dann doch zu mir und unterstützte mich sogar aktiv bei meinem Vorhaben. Was mich zunächst verwunderte. Versuchte er damit sein schlechtes Gewissen zu beruhigen und die Verletzungen zu kompensieren, die er mir mit seinem demütigenden Verhalten in letzter Zeit zugefügt hatte? Ich war dahintergekommen, dass Gerhard ein Verhältnis mit einer anderen Frau pflegte. Als ich ihn zur Rede stellte, wollte er doch tatsächlich abwechselnd mal mit ihr, dann wieder bei mir leben. Seine Beziehung zu dieser Frau und sein Verhalten mir gegenüber verletzten und schmerzten mich sehr. Unsere Ehe verlief bei weitem nicht mehr so glücklich wie bisher. Aber seine Bereitschaft, Kinder in Pflege zu nehmen oder gar zu adoptieren, gaben mir Hoffnung für einen Neubeginn unserer Beziehung.

Da die finanziellen und sozialen Verhältnisse wenigstens nach außen hin bei uns absolut stimmig waren, meldete ich mich beim Jugendamt in München, um eine Pflegeerlaubnis für ein Pflege- oder ein Adoptivkind zu erhalten. Doch musste ich erfahren, wie groß die Macht der Bürokratie ist und wie viele Steine einem dabei in den Weg gelegt werden.

Zwei Aktenordner füllten sich rasch mit dem Schriftverkehr. Um notwendige Gutachten über mich und meinen Mann erstellen zu können, wurde amtlich geprüft, ob wir befähigt wären, Kinder zu erziehen. Man inspizierte unser Heim, um festzustellen, ob wir auch genügend Platz zu bieten hätten und ob das Umfeld für ein Kind grundsätzlich gegeben sei. Zwei Jahre lang wurden wir vom Jugendamt durch die Mühlen der Bürokratie gedreht, zu psychologischen Tests bestellt und nach allen Regeln der Kunst durchleuchtet. Und obwohl wir alle Tests bestanden hatten, wurden wir trotzdem hingehalten und gegängelt. Es kam soweit, dass wir sogar eine Dienstaufsichtsbeschwerde gegen die zuständige Mitarbeiterin einlegten. Schließlich wollten wir nicht unbedingt ein Baby, sondern waren durchaus bereit, auch ein älteres Kind aufzunehmen, welches ohnehin schlechter zu vermitteln ist.

In einem Kinderheim am Max-Weber-Platz fand ein Tag der Offenen Tür statt. Wir gingen zusammen dorthin und lernten eine Mutter mit zwei Kindern kennen. Die zuständige Klosterschwester erzählte uns, dass die beiden kleinen Mädchen von ihrer Mutter so gut wie nie abgeholt würden. Sie war geschieden und lebte mit einem Pakistani zusammen, der wiederum drei eigene Kinder mit in die Partnerschaft gebracht hatte. Mit ihrem Lebensgefährten hatte die Frau nun ein weiteres, behindertes Kind zur Welt gebracht und neben den Stiefkindern überhaupt keine Zeit mehr für ihre eigenen Kinder.

Unversehens wurden wir Pateneltern für diese beiden, drei und vier Jahre alten Mädchen. Eineinhalb Jahre lang holten wir sie jedes Wochenende ab und verbrachten mit ihnen auch gemeinsam unsere Urlaube, die wir aus eigener Tasche finanzierten. Die Mutter sah, wie gut es ihren Töchtern bei uns ging und dass wir ihnen mehr bieten konnten als es ihr selbst je möglich gewesen wäre. Deshalb wollte sie uns unbedingt als Pflegeeltern einsetzen lassen. Doch dafür benötigten wir wiederum die Zustimmung des Jugendamts. Obwohl wir die Erzieher wahrhaftig durch unseren Einsatz entlasteten und von unserem ehrlichen Engagement zu überzeugen glaubten, erhielten wir am Ende trotz aller Bemühungen keine Pflegeerlaubnis. Zwar trafen wir die Mädchen noch einige Male, hielten es aber dann doch für sinnvoller, wenngleich auch schweren Herzens, den Kontakt zu ihnen abzubrechen.

Ich verstand die Welt nicht mehr. Am wenigsten erschloss sich mir die Politik des Jugendamts. Nach meinem Gefühl handelte die zuständige Sachbearbeiterin aus reiner Willkür. Ihre Entscheidung traf sie vom Schreibtisch aus, ohne Herz und Gefühl für alle beteiligten Personen. An das Wohl der armen, klei-

nen Kinder, die im Heim aufwuchsen, dache sie wohl nicht. O-
der bestimmten gar wirtschaftliche Aspekte ihr Handeln, sich
gegen uns als Pflegeeltern zu entscheiden? Die Kinderheime erhielten damals schon mehr als 4.000 DM im Monat pro Kind
vom Staat. Eine volle Belegung bedeute eine volle Kasse. Gab
man Kinder an Pflegeeltern heraus, kam es für das Heim zu finanziellen Einbußen. Das war bestimmt auch in unserem Fall
mit auschlaggebend, weswegen das Münchner Kinderheim darauf bestand, unsere Mädchen im Heim zu belassen.

Im Nachhinein zeigte sich, dass diese Ablehnung auch wieder ihren tieferen Sinn hatte, denn sonst hätte ich nie meine
beiden Adoptivkinder gefunden.

Marcos, Marisa und Mauricio in Sao Paulo
1986

Ein neuer Versuch

Trotz der bitteren Pleite mit dem abgelehnten Pflegeantrag verspürte ich nach wie vor geradezu einen Drang in mir zu helfen und die Kraft meiner Liebe sinnvoll einzusetzen. So kam ich auf die Idee, als ehrenamtliche Helferin beim Malteser Hilfsdienst für drei Monate nach Brasilien zu gehen. Sie hätten mich auch sofort genommen; denn ich hatte 1985 einen Lehrgang als Schwesternhelferin erfolgreich absolviert und brachte so die Voraussetzung für einen Brasilienaufenthalt mit. Nach Sabines Tod wollte ich wissen, was bei Sabine falsch gemacht worden war, und lernen, wie man richtig Erste Hilfe leisten kann. Letztendlich ging ich zwar nach Brasilien, jedoch nicht für den Malteser Hilfsdienst. Es kam wieder einmal alles ganz anders.

Nach all den negativen Erfahrungen mit dem Münchner Jugendamt hatte ich zunächst einmal genug von der Idee Kinder aufzunehmen und gab für einige Zeit meine Adoptions- und Pflegeversuche auf. Aber wenn man loslässt, hat man bekanntlich zwei Hände frei. Bald schon ging ich mit dem Gedanken schwanger, ein ausländisches Kind anzunehmen. Doch der Umsetzung dieser Idee ging wiederum eine unglaubliche Odyssee voraus. Es grenzt beinahe an ein Wunder, dass ich meine beiden Adoptivkinder in Brasilien fand. Wahrlich ein Geschenk Gottes!

Über meine Arbeit bei Feinkost Käfer hatte ich die Familie von Professor Dr. Schwarz kennengelernt, mit der wir viele Jahre lang befreundet waren. Ihr Sohn Michael hatte für mich als Rechtsanwalt kostenlos Sabines Unfallhergang recherchiert. Das Ehepaar Schwarz hatte sechs Kinder, fünf eigene und ein Adoptivkind aus Vietnam. Als ich Professor Schwarz von meinem Vorhaben erzählte, riet er mir, mich im brasilianischen

Konsulat zunächst einmal unverbindlich nach den Bedingungen zu erkundigen und die notwendigen Unterlagen und Formulare für die Adoption von Kindern zu holen.

Kurzentschlossen vereinbarte ich einen Termin im brasilianischen Konsulat. Frau Konsul Freb nahm sich reichlich Zeit und hörte sich mit echter Anteilnahme meine Geschichte vom Tod meiner Tochter an. Sie verstand auch mein Anliegen, ein Kind adoptieren zu wollen, wies mich jedoch darauf hin, dass das Konsulat als solches keine Kinder vermitteln dürfe.

Als ich sichtlich enttäuscht den Raum verlassen wollte und die Türklinke schon in der Hand hielt, rief mich Frau Freb noch einmal zurück: „Frau Lew, mir fällt da gerade etwas ein. Ganz zufällig habe ich vor einer Woche eine Adresse von drei Waisenkindern in Sao Paulo erhalten. Ein deutsches Lehrerehepaar, das auch gern ein Kind adoptieren wollte, war kürzlich bei uns in Brasilien und traf dort auf drei Kinder, die aber gemeinsam untergebracht werden müssten. Da sich das Ehepaar nicht zutraute, drei Kinder zu adoptieren und großzuziehen, nahmen sie Abstand von dieser Herausforderung. Wäre das nicht etwas für Sie? Möchten Sie die Adresse dieser Kinder haben?"

Gern ließ ich mir die Adresse aufschreiben. So konnte ich mit den Eheleuten Bronk in Ettlingen Kontakt aufnehmen. Erst vor zehn Tage waren sie aus Brasilien zurückgekommen, wo sie ihre Freunde, das aus Deutschland stammende und in Brasilien lebende Ehepaar Wolf, besucht hatten. Bei diesem Besuch unterhielten sie sich zufällig mit dem Dienstmädchen über ihren Adoptionswunsch. Dabei hörten sie von einer Frau, die vor vier Wochen, genau am 7. April 1986, verstorben war und drei unglückliche arme Kinder als Vollwaisen zurückließ. Der Vater der Kinder war bereits zwei Jahre zuvor aus dem Leben geschieden.

Frau Bronk konnte das Elend dieser Kinder nicht vergessen und wünschte sich nichts mehr als für diese drei Waisen ein anderes Elternpaar zu finden, bei dem die Kinder sicher und geborgen unterkommen konnten.

Das Mädchen war erst fünf, die beiden Brüder sechseinhalb und acht Jahre alt. Die Kinder brachte man nach dem Tod der Mutter in eine Art Behelfskindergarten, der nur aus einer armseligen Hütte bestand und von einem alten Mann geführt wurde. Die drei Geschwister lebten in dieser schäbigen Behausung im Dreck und unter menschenunwürdigen Bedingungen. Sie besaßen nichts als ein paar wenige Habseligkeiten und zwei Hunde. Der Alte behandelte sie schlecht und schlug sie, wenn sie nicht parierten.

Um diese Kinder wollte ich mich künftig kümmern, ihnen Mutter sein, ihnen all meine Liebe zukommen lassen. Als ich meinen Kolleginnen und Freunden von meinem Vorhaben erzählte, rieten mir die meisten eindringlich davon ab:

„Was, du willst drei Kinder aus einem fremden Land holen! Kinder, die du überhaupt nicht kennst, die du nie gesehen hast, von denen du nichts weißt. Du bist ja verrückt! Das kann nicht gutgehen!"

Doch ich ließ mich nicht beirren, sondern machte mir selbst Mut. Reden machte keinen Sinn. Handeln war angebracht. Es einfach tun! Egal, was wird.

Auch für die Adoption ausländischer Kinder wird in Deutschland eine amtliche Pflegeerlaubnis benötigt. Inzwischen hatte ich ja gelernt, dass ich vom Jugendamt keine Unterstützung erwarten konnte. Doch ein Tipp von lieben Freunden half. So suchte ich den Leiter der Sozialstation München-Ost, einen Herrn Peklo auf, der berechtigt war, eine Pflegeerlaubnis auszustellen. Natürlich musste auch er, neben unseren persönlichen Kompetenzen, unsere Einkommens- und Wohnverhältnisse überprüfen. Das war jedoch kein Problem. Tatsächlich erhielten wir schon bald das begehrte Papier. Zusätzlich besorgten wir uns alle anderen notwendigen Unterlagen, wie ein amtliches Führungszeugnis, ein Gesundheitszeugnis und die Heiratsurkunde. Die Papiere mussten ins Portugiesische übersetzt und notariell beglaubigt werden.

Mein Wunsch war, zwei Kinder zu adoptieren. Auch ich befürchtete, drei könnten mich und meinen Mann überfordern. Schließlich war ich mit Anfang Fünfzig nicht mehr die Jüngste. Deshalb versuchte ich auf eigene Faust, auch das dritte Geschwisterkind unterzubringen. Bekannten in Gröbenzell, Herrn und Frau Mebes, die selbst bereits drei Kinder aus Brasilien adoptiert hatten, berichtete ich von meinen Plänen und erkundigte mich, ob sie jemanden wüssten, der bereit wäre, eines dieser drei Kinder aufzunehmen. Herr Mebes versprach sich umzuhören.

Nicht einmal eine Woche war vergangen, als er mich zurückrief und mit dem Brustton der Überzeugung sagte: „Frau Lew, wir nehmen das dritte Kind!"

Nach diesem Anruf fühlte ich mich erlöst, gestärkt und befreit. Meine Dankbarkeit gegenüber der Familie Mebes kann ich nicht in Worte fassen! Nun gab es auch für mich eine realisierbare Perspektive. Ich würde das durchziehen und meine beiden Adoptivkinder holen, auch wenn mein Mann sich von diesem Familienzuwachs nicht besonders begeistert zeigte und mich davon eher abhalten wollte. Dass er mir trotzdem, jedenfalls mit seiner Unterschrift beim Jugendamt, bestätigte, die Kinder offiziell zu adoptieren, hatte einen tieferen Grund. Gerhard stand seit Jahren wegen seiner Weibergeschichten moralisch und menschlich schwer in meiner Schuld. Um diese abzutragen, seinen innerlichen Druck etwas abzubauen und sein schlechtes Gewissen zu beruhigen, tat er mir diesen Gefallen.

Für mich war nur wichtig, diese elternlosen Kinder vor dem Nichts, vor der Armut, vor dem Untergang, vor einem Leben in den Slums oder auf der Straße zu retten. Noch ahnte ich nicht, dass Gerhard später seinen vermeintlichen Großmut sowohl die Kinder als auch mich büßen lassen würde. Tag für Tag, Woche für Woche, Jahr für Jahr, mal mehr, mal weniger. Ich wurde dafür mit Ignoranz, ja Verachtung, bestraft.

Marisa und Mauricio 1986

Meine neuen Kinder

Nachdem Herr Mebes die Flugtickets für uns besorgt hatte, flog ich am Freitag, den 15. August 1986, zunächst allein nach Sao Paulo voraus, um alle für die Adoption der Kinder notwendigen Vorbereitungen zu treffen. Herr Mebes und Gerhard würden später nachkommen. Emmi Mebes, eine äußerst liebenswürdige und warmherzige Frau, bedauerte es sehr, zu Hause bei ihren Kindern bleiben zu müssen. Zu gern hätte sie ihren neuen Sohn direkt vor Ort in Empfang genommen.

Herr Wolf holte mich, wie vereinbart, am Flughafen von Sao Paulo ab. Er begegnete mir zunächst mit einer gewissen, aber deutlich spürbaren Skepsis, deren Ursache ich mir nicht erklären konnte. Sehr bald aber vermochte ich ihn zu überzeugen, die richtige Ersatzmutter für die Kinder zu sein.

Herr Wolf lebte schon mehr als 30 Jahre in Brasilien. Er war Schiffsbauingenieur. Sein Haus empfand ich geradezu als einen Palast. Die Familie Wolf nahm mich gastfreundlich auf und war mir auch behilflich, alle behördlichen Angelegenheiten zu regeln.

Am Sonntag, den 17. August 1986, durfte ich die drei Waisenkinder zum ersten Mal sehen. Wie sehr freute ich mich auf diesen Moment! Bisher kannte ich sie nur von einem Foto. Die Kinder lebten inzwischen bei einer alten Dame, die noch weitere fünf Pflegekinder betreute.

Man hatte die drei Kinder auf meinen Besuch vorbereitet. So wussten sie schon ein wenig über mich Bescheid. Auch hatte man ihnen gesagt, dass ich sie nach Deutschland mitnehmen würde. Sie begrüßten mich ohne Scheu und freuten sich, dass ich sie mit ihren Namen ansprach. Sie hießen Mauricio, Marisa und Marcos. Sie hopsten mir freudig entgegen, als sie mich sahen. Welch Augenblick des Glücks für mich!

Von nun an holten wir die Kinder jeden zweiten Tag bei der alten Dame ab und nahmen sie mit in das Haus der Familie Wolf. Sylvia, die Tochter der Wolfs, chauffierte mich in ihrem Auto mit stoischer Ruhe durch die holprigen Straßen von Sao Paulo. Lieber wäre ich die letzten Meter durch das Armenviertel zu Fuß gegangen, nicht nur weil ich befürchtete, der Wagen könnte in all den Schlaglöchern und dem Morast steckenbleiben, sondern vor allem weil es mir peinlich war, die Armut und das Elend vom Auto aus zu sehen, ohne helfen zu können. Doch Sylvia blieb gelassen. Sie war diese Verhältnisse gewohnt. Die Kinder freuten sich jedes Mal sichtlich auf die Fahrt in die Villa der Familie Wolf und genossen die Zeit auf dem wunderschönen Anwesen mit Garten und Swimmingpool. Einmal kam uns der kleine Mauricio auf halbem Wege mit seinem klapprigen Fahrrad, das er innig liebte, entgegen. Eigentlich war es nur ein verrostetes Drahtgestell. Auf den Rädern war weder ein Gummimantel noch ein Schlauch aufgezogen.

Neben Herrn Wolf stand uns dessen Freund, der Stadtrat Flavio, zur Seite. Er kannte die Mutter der Kinder, der er auf dem Sterbebett versprochen hatte, sich darum zu kümmern, dass ihre drei Kinder zusammen gut untergebracht würden. Vor meiner Ankunft kaufte er für jedes Kind eine blaue Jeans und ein Hemd. Sie sollten auf mich einen guten Eindruck machen.

Ich musste mich täglich für das Jugendamt auf Abruf bereithalten. Unsere ins Portugiesische übersetzten und in Deutschland notariell beglaubigten Unterlagen, die wir per Boten vorausgesandt hatten, lagen vor Ort in Sao Paulo nochmals zur notariellen Bestätigung vor. Herr Wolf, unser unermüdlicher Helfer, hatte dies organisiert.

Am 28. August trafen mein Mann und Herrn Mebes in Sao Paulo ein. Zwar tat Gerhard dies nicht ganz freiwillig, aber schließlich hatte Herr Mebes es doch geschafft, ihn dazu zu überreden. Uns standen zwei Gerichtstermine bevor. Ein Bekannter von Herrn Wolf, ein Tierarzt, half uns als Dolmetscher. Der Jugendrichter wollte die Adoption nicht ohne weiteres genehmigen. Er meinte, man solle vorrangig in Brasilien einen Platz für die Kinder suchen. Über Beziehungen seitens des Herrn Wolf konnte der Richter jedoch von diesem Vorhaben abgebracht werden. Es wäre ohnehin nur ein zeitaufwändiges und sinnloses Unterfangen gewesen. Welche Familie in Brasilien wäre wohl bereit gewesen, drei Kinder in diesem Alter gemeinsam zu adoptieren? Schließlich erhielten wir den Zuschlag für die Adoption. Vorher mussten wir uns schriftlich verpflichten, die Kinder nicht weiterzuverkaufen oder zur Kinderarbeit heranzuziehen.

Doch damit waren noch nicht alle Probleme gelöst. Wir brauchten kurzfristig für die Kinder Reisepässe, damit wir mit ihnen nach Deutschland fliegen konnten. Wieder waren es die guten Beziehungen von Herrn Wolf und von Stadtrat Flavio, die uns weiterhalfen. Über den Polizeipräsidenten persönlich wurden die Reisepässe mit höchster Dringlichkeit in Auftrag gegeben.

Am 10. September 1986 war es dann so weit. Herr Mebes, Gerhard und ich stiegen überglücklich mit den drei Kindern Mauricio, Marisa und Marcos in den Flieger. Ich hatte extra einen größeren Koffer mitgebracht, weil ich dachte, die Kinder würden bestimmt ein paar persönliche Dinge oder Spielsachen nach Deutschland mitnehmen wollen. Aber sie hatten nichts bei sich bis auf das, was sie am Leib trugen. Nämlich die vom Stadtrat besorgten Sachen zum Anziehen, die wir ihm inzwischen auch bezahlt hatten. Ihre wenigen Spielsachen überließen die Kinder ihren Kameraden, die in Sao Paulo zurückblieben.

Kaum saßen wir im Flugzeug, schlief Mauricio auf meinem Schoß ein. Marisa saß bei meinem Mann und Marcos bei Herrn

Mebes, seinem neuen Vater. So waren wir auf drei Sitzreihen verteilt.

Bei der Zwischenlandung in Asunción, einer Grenzstadt zwischen Paraguay, Brasilien und Argentinien wachten die Kinder erfreut auf, klatschten in die Hände und riefen sich zu: „Hooray, agora estamos na Alemanha!"

Erstaunt sahen wir uns an. Wir verstanden nicht, was die Kinder damit meinten. Und auch die anderen Passagiere schienen sich über die Freude unserer Kinder zu wundern. Als sie unsere Ratlosigkeit bemerkten, übersetzten sie: „Hurra, jetzt sind wir in Deutschland!" Unsere Kleinen hatten geglaubt, wir seien schon in ihrer neuen Heimat gelandet.

In Deutschland endlich angekommen mussten wir eine lange Autofahrt mit vielen Staus bei Nebel und Regen von Frankfurt nach München hinter uns bringen, bis wir endlich spät in der Nacht zu Hause ankamen. Für die Kinder war der erste Eindruck von Deutschland wohl eher desillusionierend.

Im Laufe der Zeit erfuhr ich immer mehr Details über die Familienverhältnisse meiner Adoptivkinder. Mauricio und Marisa hatten noch zwei Schwestern. Die beiden älteren Töchter der Mutter aus erster Ehe waren bereits groß und lebten schon lange nicht mehr zuhause. Mit ihrem neuen Lebensgefährten bekam die Mutter dann noch weitere drei Kinder. Der inzwischen verstorbene Vater hatte sowohl die Mutter als auch die beiden jüngeren Geschwister, Marisa und Mauricio, sehr schlecht behandelt. Nur auf seinen ältesten Sohn Marcos war er wirklich stolz. Ihn nahm er auch mit auf seine Touren. Oft kam er betrunken nach Hause. In diesem Zustand schlug er dann auf jeden ein, der sich nicht seinem Willen beugte. Über zwei Jahre lag der Vater schwerkrank im Bett und wurde von der Mutter aufopferungsvoll gepflegt. Dies raubte ihr schließlich die letzten Kräfte. Nach seinem Tod wurde sie selbst krank, konnte sich keine ärztliche Versorgung leisten und starb mit nur 43 Jahren an Krebs.

„Der Mut wächst immer mit dem Herzen und das Herz mit jedem guten Tag."

(Adolph Kolping)

Mauricio und Marisa
Taufe 1987

Marisa und Mauricio

In den ersten Wochen unseres Zusammenlebens musste ich mich mit meinen Adoptivkindern fast ausschließlich über die Zeichensprache verständigen. Manchmal versuchte ich, meine Italienischkenntnisse zu Hilfe zu nehmen, weil einige Wörter dem Portugiesischen ähnlich klingen. Aber leider nur klingen! So entstand am Anfang sprachlich ein heilloses Kuddelmuddel aus Deutsch, Italienisch und Portugiesisch, unterstützt durch viele Gesten mit Händen und Füßen, was oftmals zu lustigen Situationen führte.

Wenn Marisa mir etwas auf Portugiesisch sagen wollte, was ich überhaupt nicht verstand, rief ich im Konsulat an, weil ich wusste, dass Frau Maucher, eine vereidigte Dolmetscherin, mir bei der Übersetzung helfen würde. Ab und zu ging ich mit den Kindern direkt zu ihr. Meist erfuhr ich dann vieles über die Kinder, was sie mir bis dahin selbst noch nicht erzählen konnten.

Ich hörte, dass ihre Mutter sehr gläubig war und den Kindern viele Gebete und Gedichte beigebracht hatte. „Jesus du bist mein Begleiter. Geh mit mir, und der Teufel geht von mir!" So erfuhr ich auch, dass die Mutter nicht katholisch war, sondern einer christlichen Sekte angehörte, bei der Jesus als höchste Instanz galt. Bezeichnenderweise führten die Kinder den in Brasilien häufig vorkommenden Familiennamen „de Jesus".

An einem Freitag kamen wir aus Brasilien in München an und am Dienstag, den 12. September begann bereits die Schule. Da Mauricio sieben Jahre alt wurde, unterlag er in Deutschland der Schulpflicht. Ich rief beim Schulrat an und erklärte die Sachlage, da ich wegen seiner mangelnden Deutschkenntnisse große Bedenken hatte. Noch während ich telefonierte, hielt mich Mauricio fest an der Hand. Seine Hände waren ganz feucht vor

Aufregung. Er wollte unbedingt in die Schule gehen. Als ich ihn fragte: „Queres ir a la escuela?", antwortete er: „Si mama, quero la!"

(„Du möchtest zur Schule gehen?"
„Ja Mama, ich möchte es!")

Da der Weg zur Europäischen Schule für Mauricio viel zu weit war, sollte er in einer normalen Grundschule zur Probe am Unterricht teilnehmen. Also stellte ich mich mit ihm beim Schuldirektor vor. Schon am nächsten Tag, dem ersten Schultag, erhielt ich einen Anruf, ich solle mit Mauricio in die Schule kommen. Alle Kinder saßen bereits aufgetakelt und mit ihren bis obenhin gefüllten Schultüten in den Bänken. Mein Sohn Mauricio trug seine einzige blaue Jeans, ein Jäckchen und ein nicht mehr ganz so taufrisches T-Shirt. Ich hatte noch keine Zeit gefunden, etwas Neues für die Kinder zu besorgen. Ganz lieb wurde Mauricio von der Lehrerin begrüßt und gleich in die erste Reihe gesetzt.

Ab dem nächsten Tag ging Mauricio regelmäßig zum Unterricht in die Schule, ohne ein deutsches Wort zu sprechen. Frau Kropp-Knoller, die Lehrerin, meinte, der Junge könne die Probezeit bis zum November nur schaffen, wenn ich täglich den Stoff mit ihm wiederholen würde. Natürlich habe ich das dann auch gemacht. Mittags holte ich ihn von der Schule ab, ich kochte, wir aßen zusammen und danach lernte ich mit ihm den ganzen Nachmittag.

Abends ging ich dann zum Arbeiten. Ich tat es mit Freude, denn ich wusste, wofür ich es tat. Ende November konnte Mauricio sich fast schon perfekt auf Deutsch unterhalten. Das war gleichsam ein Wunder. Später hatte er in Deutsch fast immer eine Eins im Zeugnis stehen.

Marisa durfte zuerst noch ein paar Monate zuhause spielen, bis sie im Februar 1987 in den Kindergarten kam. Im Gegensatz zu ihrem Bruder, der vor seiner Einschulung nicht medizinisch begutachtet worden war, musste sie wegen einer Einschulungsprüfung zum Schularzt.

Bockbeinig stand sie vor dem Amtsarzt. Sie sprach mit ihm kein einziges Wort. Der legte ganz simple bunte Bilder mit Tieren, Pflanzen und Menschen auf den Tisch vor sie hin und wartete geduldig auf ihre Erklärungen. Sie sollte das, was sie auf den Bildern sah, mit Worten schildern. Eigentlich hätte sie inzwischen alles bestens in deutscher Sprache beschreiben können, aber es kam kein Wort, kein einziges Wort über Marisas Lippen. Als wir wieder draußen waren, fragte ich sie, warum sie denn so konsequent geschwiegen hätte?

„Die Bilder waren mir zu blöd!", meinte Marisa dazu. So kam sie erst einmal für ein Jahr in die Vorschule, was ihr aber keineswegs geschadet hat.

Es war eine schöne und lebhafte Zeit mit den beiden Kindern. Der erste Winter zog ins Land. Die Kinder jubelten und waren ganz verrückt, als sie zum ersten Mal in ihrem Leben Schnee sahen und ihn anfassen konnten.

Marisa und Mauricio hatten bereits in ihrer Heimat gehört, dass es in Deutschland im Winter so etwas wie Schnee gibt. „Neve" heißt das Wort dafür in ihrer Heimat. Gesehen aber hatten Sie einen Neve noch nie in ihrem jungen Leben. Sie hatten ihren großen Schwestern, die in Brasilien zurückblieben, versprochen, sobald sie den ersten Schnee in der neuen Heimat erleben würden, aus Neve eine große Schlange zu formen und sie ihnen in einem Paket nach Brasilien zu schicken.

Eine Schlange hatte für Mauricio eine ganz besondere Bedeutung. Er erinnerte sich, seinen Vater einmal mit einer Schlange um den Hals gesehen zu haben. Wie mutig und tapfer musste dieser Mann doch gewesen sein! Eine Schlange galt in seiner Heimat als heimtückisch und gefährlich. Mauricio wollte es seinem Vater gleichtun und als Zeichen seines Mutes und seiner Tapferkeit eine riesige Schlange aus Schnee bilden. Wie überrascht waren die Kinder doch, als sie feststellen mussten, dass ihre lange, aus Schnee geformte Schlange nicht nur in Stücke zerbrach, als sie diese ins Haus bringen wollten, sondern in der Wärme der Stube sich auflöste und zu einer kleinen Pfütze zerrann. Mauricio weinte darüber, wollte er doch sein Versprechen seinen Schwestern gegenüber unbedingt einlösen.

Beim Spielen mit den anderen Kindern der Straße stellte Mauricio überrascht fest, dass diese ihre Hände und Finger mit bunt gestrickten Handschuhen vor der Kälte schützten, während seine Finger ganz nass und klamm waren. Handschuhe hatte er in seinem ganzen Leben vorher noch nie gesehen. Er kannte auch nicht das Wort Handschuhe. Aber solche wollte er unbedingt haben. Er lief aufgeregt zu mir in die Küche, streckte mir seine Ärmchen entgegen und stammelte: „Mama, Mama, wo sind meine Grüßgott?" Er nannte die Handschuhe Grüßgott, weil in ihnen die Hände stecken, mit denen die Menschen in seiner neuen Heimat sich berühren, wenn sie „grüß Gott" sagen.

Marisa und Mauricio spielten fröhlich miteinander und auch mit anderen Kindern, ohne ihre angeborene Bescheidenheit zu verlieren. Sie gaben sich mit wenigen Spielsachen zufrieden. Bezeichnend für sie war, dass sie die Spielsachen, die sie besaßen, sofort ihren Freunden überließen, wenn diese zu Besuch kamen. Während die anderen Kinder laut und wild miteinander tobten, wurden unsere beiden immer ruhiger. Sie waren irgendwie anders.

Marcos, Marisa und Mauricio
1994

Ein neues Leben mit den Kindern

Unsere Kinder zeigten sich stark genug, ihr Schicksal, den Verlust der eigenen Mutter und der Heimat, zu verkraften und offen allen Veränderungen und allem Neuen zu begegnen. Dabei wuchsen ihre Seelen und ihr Geist.

Von 1987 bis 2000 fuhren wir jedes Jahr einmal, meistens im August, für zwei Wochen nach Italien an die Adria. Ich liebe das Meer, die Sonne und die Weite ebenso wie Marisa und Mauricio.

Dass Gerhard für uns den Chauffeur machte und überhaupt mitkam, musste ich mir jedes Mal erbetteln, ja geradezu hart erkämpfen. Ich wünschte es so sehr, hauptsächlich der Kinder wegen, als Familie zu verreisen. Außerdem war Gerhard ein zuverlässiger und guter Autofahrer. Obwohl es für uns alle dann doch immer schöne Ferien waren, bekam ich hinterher von ihm nur Vorwürfe, er habe wieder einmal nur meinetwegen mitgemacht, was er eigentlich gar nicht wollte. Bestimmt liebte auch er unsere Kinder, war aber nicht in der Lage, die Freude mit uns offen zu teilen.

1993 und 1996 waren wir mit Marisa und Mauricio, damals 12 und 14 Jahre alt, in den USA und haben auch ganz Kalifornien bereist. Jeweils drei bis vier Wochen waren wir mit dem Mietwagen unterwegs. Gerhard erwies sich, wie immer, als umsichtiger und zuverlässiger Chauffeur, gerade auf den oft endlos langen und ermüdenden Strecken. Dafür konnte man ihm nur großes Lob aussprechen.

Während die Kinder und ich uns gern an diese unvergesslich schönen Reisen erinnerten und noch oft darüber sprachen, teilte Gerhard unsere Freude in keiner Weise. Wenn für ihn etwas erledigt war, redete er nicht mehr darüber.

Marisa war immer eine der Besten in der Schule. Auf der Realschule bei den Englischen Fräulein war sie so beliebt, dass man sie nicht weggehen lassen wollte, obwohl sie für das Gymnasium bestens geeignet gewesen wäre. Ihre Lehre als Versicherungskauffrau schloss sie sogar mit einer persönlichen Belobigung durch die Stadtschulrätin ab. Obwohl man ihr die besten Aufstiegsmöglichkeiten bei der Versicherung bot, entschied sie sich, noch einmal die Schulbank zu drücken. Im Jahr 2005 lieferte sie ein sehr gutes Abitur ab. Sie wollte unbedingt Lehrerin werden und studierte gezielt Lehramt. Marisa ist selbstbewusst und ehrgeizig. Schon sehr früh strebte sie danach, selbständig zu leben. Mit achtzehneinhalb Jahren stellte sie sich auf eigene Beine und zog bei uns aus.

Man sagt, wenn ein Kind ins Bett nässt, weint seine Seele. So erging es mir in meiner Kindheit, sogar noch als mich meine Mutter endlich zu sich nach Walkertshofen holte, bis ungefähr zu meinem achten Lebensjahr. So konnte ich meinen kleinen Mauricio gut verstehen, wenn sein Bett morgens manchmal nass war. Er hatte die ersten Jahre seelisch noch schwer zu kämpfen, um alles Leid aus der frühen Kindheit zu verarbeiten.

Mauricio lebte noch lange bei uns zu Hause. Er ist ein ganz lieber und hilfsbereiter Mann, ein sensibler Samariter. Aber leider auch manchmal ein Träumer, der Dinge vertrödelt oder Vereinbarungen und Abmachungen einfach vergisst. Er ist gutmütig und gutgläubig. Ich meine noch heute manchmal, ihn daran erinnern zu müssen, dass nicht alle Menschen ehrlich und aufrichtig sind. Durch seine Leichtgläubigkeit geriet er als junger Mann in so manch unangenehme und kritische Situation, aus der ich ihn immer wieder herausholen musste. Es tat ihm gut, wenn man sich um ihn kümmerte.

Nach dem Abschluss der Realschule und der Fachoberschule machte Mauricio eine Lehre zum Großhandelskaufmann. Dazwischen absolvierte er seinen Bundeswehrdienst. Er brachte es vom Sanitäter bis zum Hauptgefreiten. Nach Abschluss seines Fachabiturs studierte er Soziale Arbeit mit dem Schwerpunkt Musiktherapie.

Beide Kinder, Marisa ebenso wie Mauricio, sind äußerst musikalisch. Marisa nahm über zwölf Jahre Geigenunterricht und spielte fünf Jahre lang im städtischen Jugendorchester mit. Klavierspielen brachte sie sich selbst bei.
Mauricio spielt perfekt auf dem Piano, dem Akkordeon und der Orgel. Er ist Leiter einer Jugendband in unserer Kirchengemeinde St. Peter und Paul. Um sein Taschengeld aufzubessern, gab er einige Jahre Musikunterricht für Kinder. Seine Schüler liebten und bewunderten ihn.

Marcos, der ältere Bruder von Marisa und Mauricio, hatte es am schwersten. Er schaffte es nicht, sich in seine neue Familie Mebes zu integrieren. Wahrscheinlich war er schon zu alt und hatte zu viel Schlimmes in seinen jungen Jahren erlebt, um sich ohne professionelle psychologische Hilfe in eine für ihn völlig neue Umgebung einfinden zu können. Außerdem wusste er mit den um einige Jahre jüngeren Geschwistern nichts anzufangen und die wiederum schienen auch mit ihm nicht klar zu kommen. Zwei Jahre blieb er bei den Mebes. Dann kam er auf eigenen Wunsch in ein Heim für Jugendliche nach Lüneburg. Dort lebte er in einer Wohngruppe, die von einer Pflegemutter liebevoll betreut wurde. Unterricht bekam er an einer Waldorfschule.
Als er volljährig war, kehrte er nach München zurück. Seine ehemaligen Pflegeeltern, die Mebes, besorgten ihm ein Appartement. Er machte eine Ausbildung zum Schreiner und arbeitet heute sehr tüchtig und erfolgreich in seinem Beruf. Sowohl mit

der Familie Mebes als auch mit uns pflegt er nach wie vor einen herzlichen Kontakt. Freunde zählen ihn zu den vierzehn Nothelfern; denn wo immer handwerkliches Geschick gebraucht wird, darf man mit Marcos Hilfe rechnen.

Solange Marisa und Mauricio bei uns aufwuchsen, war ich immer bemüht, für sie da zu sein. Ich versuchte ihnen zu helfen, wann immer sie Hilfe brauchten und solche annahmen. Unter Helfen verstand ich aber auch, ihnen Vorbild in allem zu sein, was ihren Charakter positiv formen mochte, ihnen ethische Werte zu vermitteln und ihnen auch den Boden für eine freie und tolerante Denkweise und Lebenseinstellung zu bereiten.

Meine wohlgemeinte Hilfe kam, zumindest beim heranwachsenden Mauricio, nicht immer als solche an, sondern wurde manchmal auch als Kritik aufgenommen. Aber gerade, weil ich ihn so sehr liebe, wollte ich ehrlich zu ihm sein und sprach ihm gegenüber hin und wieder aus reiner Fürsorge und Mutterliebe auch schon mal etwas Unangenehmes an.

Die Jahre vergingen wie im Flug. Marisa und Mauricio sind jetzt beinahe 40 Jahre alt und gehen stark und unbeirrt ihren eigenen Weg durchs Leben. Marisa ist glücklich verheiratet und Mutter zweier Töchter, Laila und Nora. Mauricio ist stolzer Vater eines Sohnes, den sie Lorenz tauften. Und ich bin eine glückliche Oma, die für ihre Enkelkinder und Kinder jederzeit zur Verfügung steht. „Ich habe keine Zeit", diesen Spruch gab und gibt es bei mir nach wie vor nicht.

Familienbande

Wir Kinder wurden zuhause streng christlich erzogen. In meiner Kindheit fand ich es sogar sehr schön, am Sonntag in die Kirche zu gehen und nicht arbeiten zu müssen. Den wahren Sinn des christlichen Glaubens lernte ich erst viel später kennen. Wenn ich bedenke, wie meine Eltern und Großeltern mich als Kind behandelten, so war das alles andere als christlich. Die Erziehung entsprach dem damaligen Zeitgeist und den damit verbunden Werten. Sie lebten in ihrer eigenen, eng begrenzten Welt und waren sich gar nicht bewusst, wie sehr ich unter ihrer Härte und Strenge litt. Ich vermisste das Gefühl, geliebt und angenommen zu sein. Niemand förderte mich, niemand unterstützte mich.

Wir Geschwister mussten alle auf dem elterlichen Hof hart mitarbeiten, damit er Bestand haben sollte. Am Ende ist aber dann doch alles zerfallen.

Mein ältester Bruder Adolf, der den Bauernhof erbte, verstarb 1980 mit 40 Jahren an Leukämie. Zehn Jahre konnte er mit seiner Frau den Hof noch bewirtschaften. Nach seinem Tod verkaufte sie die Tiere und die Maschinen. Sie machte jede Menge Probleme, bis meine Mutter endlich finanziell zu ihrem minimalen Recht auf das Leibgeding kam.

Hans, der zweitälteste Bruder, baute sich in der Nähe des elterlichen Hofs ein kleines Haus. Zuerst arbeitete er als Bauer und später als Schreiner. In seiner Firma galt er als sehr tüchtig und erhielt sogar die Position eines Abteilungsleiters. Er heiratete eine Frau, die fast 12 Jahre älter war als er, und bekam mit ihr fünf Kinder. Nach einem Gehirnschlag lebte er bis zu seinem Tod in einem Pflegeheim.

Paul, der drittälteste Bruder, hatte sich von seiner schweren Kopfverletzung weitestgehend erholt. Er verließ schon bald die Familie. Er arbeitete zuerst auf einem Bauernhof, bis ihn die Schwester meines Pflegevaters nach Gersthofen holte. Tante Resi war verwitwet, hatte eine Tochter und war froh, dass mit Paul ein Mann ins Haus kam, der sie bei der vielen Arbeit entlasten konnte. Paul ließ sich in seinem Elternhaus nie mehr wieder blicken. Er fand eine gute Anstellung bei der Firma Höchst und blieb Zeit seines Lebens Junggeselle. Auch er ist bereits verstorben.

Unser jüngster Bruder Ernst war ein hübsches Kerlchen. Aber auch er fand keine Frau fürs Leben. Er traf sich gerne und oft mit seinen Stammtischbrüdern und zeigte sich ihnen gegenüber sehr großzügig, wenn es sein musste bis zur letzten Mark. Ernst war hilfsbereit und fleißig. Zuerst arbeitete er bei einem Bauern in der Nähe und später auf einem Gutshof in der Gegend von Augsburg. Dort fuhr er den Traktor und kümmerte sich um den Fuhrpark. Später fand er eine Anstellung bei einer Baufirma. Die letzten 25 Jahre seines Lebens war er wieder in der Landwirtschaft tätig, in Reichertshofen-Ellenried, bei einem Großbauern. Anfangs arbeitete er dort gerne, doch in den Folgejahren fühlte er sich von seinem Arbeitgeber, dem reichen Großbauern, nur ausgenutzt und schlecht bezahlt. Er war nicht einmal rentenversichert. So erhielt er nur eine minimale Rente, obwohl er durch die harte Arbeit und einige Arbeitsunfälle körperlich schwer geschädigt war. Es zeigten sich Spätfolgen durch die Arbeit mit Asbest bei der Baufirma, aber auch die sechs schweren Unfälle, die er auf dem Hof des Großbauern erlitten hatte, machten ihm schwer zu schaffen. Einmal war er in ein Silo gestürzt, ein andermal kippte ein Wagen mit einer Ladung Holz auf ihn und drückte seine Rippen ein. Nicht nur einmal wurde er von Stieren unsanft getreten.

Ich versuchte ihm zwar zu helfen, seine Rentenansprüche geltend zu machen, doch er selbst zeigte nur wenig Interesse daran und kümmerte sich kaum ernsthaft um solche Angelegenheiten. Er lebte bis zu seinem Tode in dem Austraghäuschen, das vorher von unserer Mutter bewohnt worden war.

Meine Schwester Juliane heiratete zwei Jahre nach mir. Von ihrem Mann, Heribert Rädle, bekam sie drei Kinder. Früher hatte ich mit ihr ein gutes Verhältnis und war auch oft bei ihr eingeladen. Da ich ein Mensch bin, der überall Harmonie und Frieden sucht und nicht an das Böse im Menschen glauben will, bemerkte ich erst spät, dass Juliane mir nicht immer wohlgesonnen war. Sie ließ es mich durchaus spüren, dass sie neidisch auf mich war und eifersüchtig auf alles, was ich geworden bin, auf alles, was ich mir geschaffen hatte, und auf alles, was ich in meinem Leben geleistet habe. Vielleicht hat sie dies dazu bewogen, den mir zustehenden Anteil aus der Erbschaft unserer Mutter vorzuenthalten.

Das Anwesen meines Großvaters Paul Seitz wird schon lange nicht mehr bewirtschaftet. Onkel Paul, sein ältester Sohn, hatte den Hof nach dem Tod seines Vaters übernommen. Das Verhältnis von ihm zu meiner Mutter blieb bis zu ihrem Tod angespannt.

Das Erbe meiner Mutter

Meine Mutter starb am 14. Oktober 2004. Mit ihren 92 Jahren war sie in der Familie diejenige, die bisher das höchste Alter erreicht hatte.

Trotz des harten Lebens war meine Mutter stets bemüht, anderen Menschen mit einem Lächeln auf den Lippen zu begegnen. Sie hatte gern Menschen um sich. Wer zu uns kam, wurde von ihr gastfreundlich aufgenommen und mit dem wenigen, das wir hatten, beschenkt. Diese guten Eigenschaften entwickelten sich bei ihr vor allem nach dem Tod ihres Mannes Johann Bäuerle und nachdem sie den Hof und die damit verbundene harte Arbeit aufgegeben hatte. Es war für sie gleichsam ein Befreiungsschlag.

Meinen Kindern war sie eine herzensgute Großmutter. Als Sabine noch klein war, besuchten wir sie regelmäßig. Sie sorgte nach jedem Besuch großzügig dafür, dass der Kofferraum unseres Autos mit Lebensmitteln gefüllt war. Von ihr bekamen wir Eier und Schmalz oder was sie eben sonst erübrigen konnte, an Weihnachten sogar eine Gans

Bis ins hohe Alter blieb meine Mutter geistig fit und organisch gesund. Nur ihr Rücken beugte sich im Laufe der Jahre tiefer und tiefer. Waren es die Traumata, die sie in frühen Jahren ihres Lebens erfahren hatte und über die sie nie sprechen konnte, die sie nun als schwere Last zu Boden drückten? Noch ein halbes Jahr vor ihrem Tod erledigte sie trotz ihrer Behinderung den gesamten Haushalt selbständig und sorgte auch noch immer für Ernst, ihren jüngsten Sohn.

Ich half meiner Mutter vor allem, wenn es um behördliche Angelegenheiten ging, wie das Erfechten des Wohnrechts in dem kleinen Austraghäuschen.

Solange ich bei ihr zu Besuch war, ließ sie mich alles recherchieren und schreiben und zeigte sich sogar dankbar für meine Hilfe. Doch es konnte auch passieren, dass sich ihre Stimmung mir gegenüber wie ein Fähnchen im Wind plötzlich drehte. So kam es auch zu drei notariellen Testamenten und einer testamentarischen Verfügung. Das erste Testament erstellte sie 1970. Damals gab es allerdings noch nichts zu verteilen.

Nach dem Tod ihres Mannes suchte und fand meine Mutter eine Anstellung bei der Bundeswehr als Putzfrau und konnte so etwas Geld dazuverdienen und ihrer Art entsprechend auch ein wenig Geld beiseitelegen. Von ihrer Schwiegertochter bekam sie nur ein Leibgeding. Zu wenig zum Leben, zu viel zum Sterben.

Als Ablöse für das Wohnrecht auf dem Hof erhielt sie dank meiner Unterstützung 90.000 DM. Sie pflegte auch einen alten Herrn und als dieser starb, kümmerte sie sich um einen anderen hilfsbedürftigen Senior. Im Laufe der Jahre kam so einiges Geld zusammen, das sie weiterhin, bescheiden lebend, auf ein Sparbuch einbezahlte.

Schon als sich meine Mutter erste Gedanken über ihren Lebensabend machte, schenkte sie meiner Schwester Juliane ein erschlossenes Grundstück. Meine Schwester, die darauf ein Wohnhaus bauen wollte, versprach meiner Mutter auf die Hand, eine Wohnung als Altersruhesitz für sie einzuplanen. Außerdem wurde vereinbart, dass meine Schwester sich, falls nötig, um die Mutter im Alter kümmern sollte. Das war eine gute Sache für alle Parteien, und ich freute mich für meine Schwester. Zu Beginn des Hausbaus war noch alles eitel Sonnenschein.

Die Wohnung für unsere Mutter plante meine Schwester allerdings im ersten Stock ein. Meine Mutter wollte aber lieber im Erdgeschoss wohnen, weil sie befürchtete, im Alter nicht mehr die Treppen hochsteigen zu können. Letztendlich blieb unsere

Mutter in dem benachbarten Austraghäuschen, für das sie weiterhin Miete zahlte. Nicht einmal das Leibgeding wurde ihr gewährt. Das wäre damals laut Vertrag unter anderem gewesen: jährlich 3 Ster gemischtes Brennholz, 15 Zentner Kohle oder Briketts, 1 Zentner Roggenmehl, 2 Zentner Weizenmehl, 5 Zentner Kartoffeln, 25 Pfund Schweinefleisch, 25 Pfund Schweinefett, 500 Eier, wöchentlich 2 Pfund Butter, 2 Pfund Frischfleisch, ein halbes Pfund ortsüblichen Kaffee, 1 Pfund Zucker, 4 Pfund Hausbrot sowie täglich 2 Liter Milch. Obst, Kraut und Gemüse nach Bedarf.

Eines Tages bat mich meine Mutter, mit ihr von Walkertshofen nach Fischach zur Bank zu fahren, um dort eine Verfügung für den Todesfall zu unterschreiben. Meine Mutter glaubte auf ihrem Sparbuch gut 100.000 DM angespart zu haben. Doch die Bank hatte keine Unterlagen mehr dazu. Es existierte lediglich eine Empfangsbestätigung über die Auflösung des Sparbuchs. Wir bemerkten sofort, dass die Unterschrift nicht von meiner Mutter geleistet worden war, sondern gefälscht war, von meiner Schwester im Jahr 1992. Juliane hatte das Geld für ihren Hausbau verwendet.

Ich selbst habe von meinen Eltern und auch vom Großvater nichts vererbt bekommen. In meinem Leben musste ich mir alles selbst schaffen und verdienen. Welch ein Glück, dass mich das Schicksal in jungen Jahren nach München führte! Hier traf ich viele gute Menschen, die mir auf meinem Weg weiterhalfen oder mich sogar begleiteten. Warum meine eigene Mutter mich bei ihrem letzten Testament ausschloss? Ich finde keine Erklärung hierfür. Glaubte sie bis an ihr Lebensende noch immer, ich das ungewollte Kind, der Bankert, sei die Ursache ihres verpfuschten Lebens? Hat sie mich je wirklich geliebt?

Als ich erwachsen war, versuchte ich oftmals meiner Mutter zu helfen. So bemühte ich mich, dass sie wenigstens den ihr zustehenden Anteil vom Hof bekam. Als Ergebnis kam allerdings nur ein minimaler Betrag heraus, den sie reichlich spät erhielt und der nicht einmal den berechtigten Anteil ihres Ehemannes beinhaltete. Dank und Anerkennung erhielt ich für meine Bemühungen so gut wie nie von ihr. Sie nahm meine Hilfe als selbstverständlich hin und verlor kein Wort darüber. Ich glaube, meine Mutter war mir bis an ihr Lebensende sogar irgendwie neidisch auf alles, was ich konnte, mir geschaffen hatte und was ich besaß. Ihre Beleidigungen und demütigenden Worte klangen noch so lange in mir nach, bis ich nach ihrem Tod die Wahrheit über meine wahre Herkunft erfuhr. Danach wurden mir viele ihrer Verhaltensweisen klar und verständlich.

Tante Heidi 1999

Die Wahrheit

In meiner Kindheit und Jugend belastete mich ein Unbehagen, das andauerndes Gefühl, nicht dazuzugehören. Eine Ahnung, die mich auch später in meinem Leben begleitete und immer wieder in mir auftauchte, verbunden mit Angst, Trauer und Bedrückung. Etwas Geheimnisvolles, das nicht ausgesprochen werden konnte und durfte, belastete meine Seele. Ein Familiengeheimnis? Es hatte irgendwie mit meinem Vater Johann Bäuerle zu tun. Warum blieb er mir immer ein Fremder? Warum diese Distanz zwischen uns? Warum die Härte meiner Mutter mir gegenüber? Wo war ich die ersten vier Jahre meines Lebens? Wo meine Mutter? Noch mit siebzig Jahren beschäftigten mich solche Gedanken.

All diese offenen, unbeantworteten Fragen kamen geballt in mir hoch, als ich ins Krankenhaus eilte, um von meiner Mutter Abschied zu nehmen. Es ginge dem Ende entgegen, meinte der Stationsarzt am Telefon.

Ich kämpfte innerlich mit mir selbst. Sollte ich meine Mutter nach dem gefühlten Geheimnis fragen, das uns ein Leben lang voneinander trennte? War es nicht taktlos, dies ausgerechnet am Sterbebett zu tun? Würde ich sie damit vor dem Tor zur Ewigkeit zu sehr aufregen und ihr die Chance nehmen in Frieden zu gehen? Ich nahm allen Mut zusammen und stellte intuitiv die für mich so wichtige und nicht ahnend richtige Frage: „Mutter, bitte sag mir, war Hans Bäuerle wirklich mein Vater?"

Sie drehte für einen Moment ihren Kopf von mir weg. Schweigen. Dann sah sie mich mit einem vorwurfsvollen Blick an, als wollte sie sagen: „Wie kannst du nur so etwas fragen!" Ihre Lippen zuckten, als sie leise, fast wispernd, mit letzter Kraft entgegnete: „Ja, des isch scho so!" *(„Ja, das ist schon so!")*

Ich spürte, dass sie vor ihrem letzten Atemzug nicht die Wahrheit sagte, hörte aber auf, weitere Fragen zu stellen. Die Zeit dazu und ihre Zeit waren abgelaufen

„Herr, gib ihr die ewige Ruhe", betete ich, bevor ich das Krankenzimmer verließ und zurück nach München fuhr. Zwei Tage später schlief sie friedlich ein.

Die Frage nach der Wahrheit aber beschäftigte mich nach dem Tod meiner Mutter mehr denn je zuvor. Tante Heidi, die letzte noch lebende Schwester meiner Mutter, könnte mir wenigstens sagen, wo ich in den ersten Jahren meines Lebens war, denn die Erinnerungen daran waren für mich irgendwie wie von Nebelschwaden verschleiert. Vier Wochen nach dem Tod meiner Mutter, setzte ich mich in den Zug nach Neustadt an der Weinstraße, wo Tante Heidi lebte. Meine liebe Tochter Marisa begleitete mich.

Mit Tante Heidi verbinden mich viele Erinnerungen aus meiner Kindheit. Ihren Ehemann, den Onkel Otto, liebten nicht nur wir Kinder. Er war lustig, sehr gesellig und überall gern gesehen. Oft luden Tante Heidi und Onkel Otto mich und meine Familie ein. Früher mit Sabine und Jupp und später mit meinem zweiten Ehemann Gerhard und unseren beiden Kindern Marisa und Mauricio. Wir verbrachten bei ihr in Neustadt stets schöne Tage. Onkel Otto zeigte uns die wundervolle Pfalz und die Deutsche Weinstraße. Singend wanderten wir zusammen über Felder, vorbei an Weingärten und durch einladende Dörfer. Es gab kein Weinhäuschen, keine Winzerstube auf unseren Wanderwegen, in die wir nicht mit Onkel Otto eingekehrt wären.

Wie immer empfing uns Tante Heidi sehr herzlich. Sie hatte in ihrem Wohnzimmer mit den alten gediegenen, uns so vertrauten Möbeln bereits den Kaffeetisch gedeckt. Liebevoll, wie wir es von ihr nicht anders kannten. Wir bewunderten die von ihr selbst bestickte Tischdecke und genossen den duftenden Kaffee. Ihr Gugelhupf war ein Gedicht. Sie freute sich über unser Lob und meinte Bescheidenheit mimend, er sei ihr heute gar nicht so gut gelungen wie sonst.

Marisa und ich saßen mit der Tante am Tisch und lauschten, was sie uns zu erzählen hatte. Das Leben ohne ihren geliebten Otto schien ihr mehr Mühsal als Freude zu sein. Sie freute sich über unseren Besuch und jemanden zum Plaudern zu haben, der ihr aufmerksam zuhörte.

Als sie sich erheben wollte, um wieder einmal in die Küche zu gehen, legte ich meine Hand auf ihren Arm, um ihre volle Aufmerksamkeit zu erhalten. Ich hatte das Gefühl, es wäre nun der passende Zeitpunkt, um meine Frage loszuwerden

„Also, liebe Tante Heidi", druckste ich etwas unbeholfen herum, „weißt, du bist die letzte und einzige noch Lebende unserer Familie, die ich noch was fragen kann."

Tante Heidi wandte sich mir zu und schaute mir dabei in die Augen. „Was meinst du damit, Resl?"

Eine bessere Frage fiel mir in diesem Moment nicht ein als „Bitte sage mir, wer mich bis zu meinem vierten Lebensjahr großgezogen und versorgt hat."

Mit dieser Frage schien ich meine gute Tante Heidi etwas verunsichert zu haben. Sie wiegte ihren Kopf, als müsse sie sich genau überlegen, was sie nun sagte. Marisa warf mir einen fragenden Blick zu. Auch sie wusste die Denkpause meiner Tante nicht so recht zu deuten.

Tante Heidi schaute zu Boden und sage dann, ihren Blick auf mich gerichtet: „Ja woischt, da wois is gar nix. Da war i ja scho vierzehn Jahr alt. Und nit mehr dahoim! Abr i muasch dr ebes saga!"

(„Ja, weißt du, da weiß ich gar nichts. Da war ich ja schon vierzehn Jahre alt. Und nicht mehr daheim! Aber ich muss Dir etwas sagen!")

Als hätte sie vergessen, über das von ihr Angekündigte zu sprechen, bewegte sie sich eher schleppend in Richtung Küche. Sie holte ein Glas Wasser, stellte es vor sich auf den Tisch und schaute uns beide an. „Will jemand von euch auch ein Glas Wasser?", lenkte sie ab.

„Tante Heidi, du wolltest mir doch etwas sagen! Was wolltest du mir sagen?", hakte ich nach.

Und nun brach es aus hier heraus: „Ja woischt, dei Vatr isch dr Michael Meitinger! Ned dr Johann Bäuerle!"

(Ja, weißt du, dein Vater ist der Michael Meitinger! Nicht der Johann Bäuerle!")

Das war wie ein Donnerschlag, obwohl ich so etwas geahnt hatte. Ich war wie gelähmt und doch innerlich erfreut. Mein Herz schlug hoch bis zum Hals. Sollte ich weinen? Oder lachen? Die innere Anspannung fiel rasch ab. Ich fühlte mich plötzlich so leicht, so richtig befreit. Tante Heidis Antwort kam wie eine Erlösung. Ich fiel ihr um den Hals. Tränen der Erleichterung liefen über meine Wangen. Endlich die Wahrheit! Endlich die Bestätigung dessen, was ich in meinem Leben seit frühester Kindheit immer in mir spürte.

Mit Tante Heidi schließt sich der Kreis meiner Biografie. Denn aus ihrem Mund erfuhr ich endlich die Wahrheit über meine Herkunft, auf die ich mein ganzes Leben lang gewartet hatte. Auf der einen Seite war ich nun froh darüber, fand ich doch nun eine Erklärung für so manche kritischen oder unliebsamen Situationen in meinem Leben und für die Frage nach dem Warum. Doch auf der anderen Seite verspürte ich nun auch eine unglaubliche Wut in mir aufsteigen auf alle, die mich ein Leben lang belogen und betrogen hatten, auf meine Mutter, meine Großeltern, meine Verwandtschaft.

Theresias Vater Michael Meitinger
1950

Die Familie meines Vaters

Die Wahrheit war nun endlich ausgesprochen. Ein dicker Knoten war gleich einem gordischen Knoten zerschlagen. Ich fühlte mich gelöst, ja irgendwie erlöst. Michael Meitinger ist mein Vater.

Doch nun entbrannte in mir der Wunsch, unbedingt etwas, und wenn es ginge, möglichst alles, über meinen leiblichen Vater, den ich nie zu Gesicht bekommen hatte, zu erfahren.

Auf dem Rathaus in Dinkelscherben konnte man mir die Anschrift des Hofes geben, von dem mein Vater abstammte. Ein erster wichtiger Schritt für meine Nachforschungen! Es war das Haus mit der Nummer 29 in Ried.

Spontan fuhr ich mit dem Wagen nach Ried bei Markt Dinkelscherben.

War es Zufall, dass ich mit dem Auto direkt von dem Haus 29 anhielt, obwohl es mit keinem Straßenschild versehen war? Ich war aufgeregt wie ein Kind vor der Ankunft des Christkinds. Außerdem war ich mir gar nicht sicher, ob ich wirklich an der richtigen Adresse war.

Eine ältere Frau in einer gescheckten Wickelschürze öffnete mir vorsichtig die Tür. Ihr Blick verriet die Frage: „Was wollen Sie?"

Es sprudelte nur so aus mir heraus: „Michael Meitinger, der hier aufgewachsen sein soll, ist mein Vater."

Das Gesicht der Bäuerin erhellte sich für einem Moment, dann schaute sie mich nachdenklich, vielleicht auch etwas skeptisch an, ehe sie mich spontan in ihr Haus einlud. „Ja, dann sind wir ja verwandt. Dann sind Sie die Nichte meines verstorbenen Mannes. Mein Mann war nämlich der Bruder vom Meitinger Michael."

Jetzt taute sie so richtig auf. „Ich bin die Wally. Und du bist meine Nichte. Thea heißt du?".

Sie bot mir eine große Tasse Kaffee und ein dickes Stück von ihrem Gugelhupf an, den sie erst aus dem Herd geholt zu haben schien; denn er war noch warm. Sie kramte aus einer Anrichte alte Fotoalben hervor und ließ mich in die Familie der Meitingers eintauchen. Wir klärten auch, dass die Müllersfrau, zu der ich als Kind immer das Korn zum Mahlen brachte, meine Tante war.

Mein nächster Weg führte mich nach Ellenried zum Hof meines Vaters Michael Meitinger. Er wurde nun von meinem Halbbruder Martin und seiner Frau Lore bewirtschaftet. Auch sie nahmen mich herzlich auf. Als ich den Beweggrund meines Besuchs nannte, blieb Martin recht gelassen, obwohl er bis dahin nicht wusste, dass er noch eine außereheliche Schwester hat. Auf meine Frage, ob ich einen DNA-Test zum Nachweis der Blutsverwandtschaft durchführen lassen sollte, winkte er nur ab. Er glaubte mir und freute sich ehrlichen Herzens über mich und mein Erscheinen.

Martin war es, der sich mir öffnete und mir vieles über seine Familie erzählte. Er selbst wurde am 1.11.1922 geboren, seine Schwester Leni im April 1920. Leni lebte die letzten Jahre in einem Pflegeheim. Sie verstarb am 27. Juni 2005. Martin hatte den Bauernhof von unserem Vater übernommen und schon vor längerer Zeit wiederum an seinen Sohn übergeben, der ebenfalls Martin heißt.

Als ich meinen Halbbruder und seine Frau verließ, um glücklich und zufrieden nach Hause zurückzukehren, ging ich zwei Häuser weiter am Haus von Markus vorbei, einem Freund meines Bruders Ernst aus der Kindheit. Er kam gerade auf seinem Traktor vom Feld nach Hause gefahren. Ich erkannte ihn sofort wieder. Als Kind hatte er oft mit meinen Brüdern Räuber und Gendarm gespielt.

Markus stieg von seinem Gefährt herunter und begrüßte mich etwas linkisch. Als ich ihm erzählte, was ich erst vor kurzem erfahren und was mich bewegt hatte, hierher zu kommen, entgegnete er:

„Ja, dös wois i allaweil scho, dass des dei Vater isch."

(Ja, das weiß ich immer schon, dass der dein Vater ist.")

„Ja, warum hast du denn mir das dann nie gesagt?", hakte ich naiv nach.

„Ja, des hätt i mi nit traut. Ja woisch, mir ham uns allaweil scho gdacht, den druckt ebbes. Wir wusstet scho, was den druckt."

(„Ja, das habe ich mich nicht getraut. Ja, weißt du, wir haben immer schon gedacht, den drückt etwas.")

Nun bestätigte mir auch Markus, dass Michael Meitinger mein Vater war und dass viele im Dorf es wussten, aber darüber nicht sprachen.

Es schmerzt mich sehr, dass ich meinen richtigen Vater nie persönlich kennenlernen durfte. Den Erzählungen über ihn entnahm ich, dass er ein stiller und zurückhaltender Mann war, der manchmal sogar depressiv wirkte. Das lag, vermutete seine Schwägerin, an den schlimmen Erlebnissen, die er aus dem Ersten Weltkrieg mitgebracht hatte. Er war als junger Mann an der Front und in der Schlacht um Verdun mit dabei. Mehr konnte ich nicht über ihn in Erfahrung bringen. Mein echter Vater, Michael Meitinger, war im November des Jahres 1972 im Kreis seiner Familie verstorben.

Mir war es nicht gegönnt, ihn wenigstens auf seinem letzten Weg zu begleiten.

Angekommen

In meinem Leben bin ich durch viele tiefe Täler der Tränen gegangen. Aber mit eiserner Disziplin und unermüdlichen Fleiß habe ich doch fast alles geschafft, was ich erreichen wollte. Die Frage, die ich mir manches Mal stelle, ist, was würde ich heute mit meinem heutigen Wissen und meinen Erfahrungen, die ich gemacht habe, im Leben anders machen?

Mit einem höheren Schulabschluss wäre ich vielleicht doch Stewardess geworden. Vielleicht hätte ich auch versucht, den Pilotenschein für Privatflugzeuge zu machen. Denn Fliegen bedeutet für mich, frei zu sein wie ein Vogel, der in der Luft schwebt.

Auch hätte ich gern ein eigenes Immobiliengeschäft geführt oder wäre mit Begeisterung Lehrerin geworden. Ich liebe Kinder und die Arbeit mit jungen Menschen. Ich empfinde es als befriedigend, der Jugend mit gutem Beispiel voranzugehen und ihnen etwas fürs Leben mitgeben zu dürfen.

Auch war ich immer bestrebt, etwas Neues zu lernen. Seit über 25 Jahren lerne ich Italienisch. Englischunterricht erhielt ich das erste Mal nach dem Krieg. Als ich 10 oder 11 Jahre alt war, hatten wir eine Zeit lang gar keine Schule. Eine Nachbarstochter beherrschte ganz gut die englische Sprache und bei ihr erhielt ich dann einmal die Woche Privatunterricht. Englisch zu lernen hat mir viel mehr Freude bereitet als der alltägliche Unterricht in der Schule.

Ein anderer Traum von mir, der sich allerdings nicht erfüllte, war, über einen längeren Zeitraum hinweg im Ausland zu leben, in Italien, in England oder in den Vereinigten Staaten von Amerika. Es hat leider nie für mich gepasst. Ich ermunterte immer wieder meine beiden Kinder, ein paar Semester im Ausland zu studieren. Gern hätte ich sie dabei unterstützt und sie auch in der Fremde besucht.

Dass berühmt zu sein, nicht glücklich macht, habe ich in der Zeit als Fotomodell erfahren und erkannt. Von vielen Menschen auf der Straße als das strahlende Tosca-Fräulein oder die vorbildliche und perfekte Wipp-Perfekt-Hausfrau erkannt zu werden, befreit dich nicht wirklich von deiner Einsamkeit.

Ich kann mir gut vorstellen, auch mit meinen 85 Jahren noch lange aktiv zu sein, um ältere und hilfsbedürftige Menschen zu betreuen, Dinge für sie zu erledigen oder sie bei Besorgungen zu begleiten. Gern bin ich ehrenamtlich in unserer Pfarrgemeinde, in Seniorenheimen und in einer Einrichtung für Demenzkranke tätig.

Seit mehr als 30 Jahren gehe ich regelmäßig zu meinem Stammtisch in die Pfälzer Weinstuben, um liebe, alte Freunde zu treffen.

Mein liebstes Hobby aber ist noch heute das Singen. Ich bin stolz darauf, Mitglied im großen und berühmten Kirchenchor von St. Peter und Paul in Trudering zu sein. Lange Zeit sang ich auch im Münchner Shanty-Chor Seelords mit, bis ich meinen eigenen Shanty-Chor in München die „Musikanten der Seefahrt" erfolgreich aufbaute. Wir treten öffentlich auf und genießen den Applaus des Publikums und unserer Fangemeinde.

Singen bereitet mir Freude, befreit und entspannt mich. Mit großer Begeisterung helfe ich öffentliche Auftritte für unseren Shanty-Chor zu organisieren. Mein Mann Gerhard unterstützte uns bis zu seinem Tod tatkräftig als Conférencier und Sänger. Ich denke oft an die Worte Yehudi Menuhins:

> *„Wenn einer aus seiner Seele singt,*
> *heilt er zugleich seine innere Welt.*
> *Wenn viele aus ihrer Seele singen*
> *und eins sind in der Musik,*
> *heilen sie zugleich auch die äußere Welt."*

Meine innige Verbindung zu Land, Feld und Acker hielt ein Leben lang. Noch heute wünschte ich mir hin und wieder einen eigenen Acker oder ein eigenes Gemüsefeld zu besitzen, auf dem ich selbst pflanzen und ernten kann. Bei einem meiner letzten Spaziergänge mit meinem Mann Gerhard durch die Schrebergärten, kam in mir diese Sehnsucht wieder hoch. Gerhard liebte mehr das Wasser und die Fische. Deshalb hatte er sich in unserem Garten einen kleinen, sehr hübschen Teich angelegt, vor dem er oftmals meditierend saß.

Meine Ehe mit Gerhard verlief nicht immer geradeaus und glücklich. Er konnte nicht treu sein. Immer wieder versuchte ich, stets auf Frieden und Harmonie bedacht, einzulenken. Ich bemühte mich, ihm nicht nur eine gute Ehefrau, sondern auch eine gute Geliebte zu sein. Vergebens. Vielleicht wäre es vernünftiger gewesen, mich rechtzeitig von ihm zu trennen. Da wir irgendwann weder physische noch psychische oder gar spirituelle Gemeinsamkeiten pflegten, einigten wir uns auf eine freundliche Wohngemeinschaft und arrangierten uns um des lieben Friedens willen. Einzig das Singen blieb uns als unser gemeinsames Hobby. Gerhard hatte eine wundervolle Stimme und war die Stütze unseres Shanty-Chors. Die Jahre vor seinem Tod schien er sich jedoch eines Besseren zu besinnen. Sein Leben reflektierend bedankte er sich bei mir und entschuldigte sich für sein Verhalten. Ich bemühte mich, ihm wohlwollend zu begegnen.

Meinen beiden Adoptivkindern und meinen Enkelkindern will ich, so lange sie es möchten, zur Seite stehen und sie unterstützen. Ich freue mich mit ihnen, dass sie an ihren sozialen und kreativen Berufen so viel Freude und Anerkennung finden.

Marisa und Mauricio und ihren Kindern wünsche ich von ganzem Herzen eine glückliche, erfolgreiche Zukunft und ein Leben voller Liebe.

Ende

Theresia Lew – frei öl
Werbung 1983

Danksagung

Ich danke allen, die mich auf meinem Lebensweg begleitet haben, die mir beistanden und mir immer wieder Mut machten.

Vor allem danke ich meinem ersten Ehemann Josef Schmitz, der mich geliebt und geschätzt hat und mir Kraft und Selbstbewusstsein gab. Mit ihm und unserer gemeinsamen Tochter Sabine verbrachte ich eine der glücklichsten Zeiten meines Lebens.

Ich danke aber auch Gerhard Lew, meinem zweiten Mann, der es mir ermöglichte, zwei so wunderbare Kinder, Mauricio und Marisa, adoptieren zu können, indem er sie als seine Kinder anerkannte.

Ich danke allen, die mich dazu ermutigt haben, diese meine Biografie zu schreiben. Ich möchte damit Menschen, die im Leben vielleicht manchmal nur zweite Sieger sind, Mut machen nicht aufzugeben, sondern ihre Träume trotz aller Hürden Wirklichkeit werden zu lassen.

Theresia Lew

Theresia Lew 1959
Foto von Jupp Schmitz

"Ich weiß ned, war die Zeit schuld oder war ich selber schuld an meinem Leben?"

So beendet Ossi, der treusorgende Familienmensch, der zuverlässige Freund, der Herzensbrecher, der Zuhälter, der Anstifter zum Mord und Mörder seine Lebensbeichte.
Ein Blick in eine wenig bekannte Welt im München des 20. Jahrhunderts. Humorvoll und spannend geschrieben.
Ein BoD-Bestseller

als Buch: ISBN 978-3-8423-7369-3
als eBook: ISBN 978-3-8448-6972-9

ROSE MARIE BRAUN

LUSTIG UND KREIZFIDEL
EIN LEBEN 1910 - 1999

L.A.M.

„Warum nur hab ich immer Pech?"

Es war nicht Neid, was sie empfand. Es war ein anderes, tieferes Gefühl, eine Art Traurigkeit.

Mitreißend und ergreifend geschrieben, die wahre Geschichte der Münchnerin Mathilde Markelstorfer, die nicht zu den Reichen und Schönen gehörte.

Ein bemerkenswertes Zeitdokument des 20. Jahrhunderts.

Ein BoD-Bestseller

als Buch: ISBN 978-3-7322-9091-8
als eBook: ISBN 978-3-7357-1653-8

So war's und ned anders – Der versteckte Bua

Alex ist ein Kind der Liebe. Da sein Erzeuger ein Zwangsarbeiter ist und niemand von der Schwangerschaft seiner Mutter erfahren darf, wird er in Cham, einer Kleinstadt im Herzen des Bayerischen Waldes, im damaligen Armenhaus Deutschlands, versteckt gehalten. Seine Geschichten erinnern an alte Zeiten, die zwar nicht besser waren, in denen die Menschen aber mit weniger glücklich und zufrieden sein konnten.

Ein BoD-Bestseller

als Buch: ISBN 978-3-7386-4202-5
als eBook: ISBN 978-3-7392-7815-5